私、魅了は使っていません

地味令嬢は侯爵家の没落危機を救う

エドワード
エスプランドル王国の第一王子。王族らしい気品があるが、気さくで優しい。王立高等学園でルーラと出会い、彼女の素朴な性格や聡明さに心惹かれていく。騎士物語が好き。
ルーラ
ディライト侯爵家令嬢。読書が趣味で、読んだ本の内容を完璧に記憶する特技を持っている。実家の没落を回避するため、王立高等学園に入学し、エドワード王子に魅了魔法をかけるよう父から命じられるが……。
登場人物紹介

お父様
ディライト侯爵。ルーラの父。『緑色の美丈夫』の異名を持つ美形の騎士だが、武術の腕はからっきし。軽い性格だが家族を愛している。
お母様
ルーラの母。若い頃は「エスプランドル王国の妖精」と呼ばれた絶世の美女。天真爛漫な性格で、ときにはルーラを振り回すことも。
アラン
ルーラの弟。母親譲りの美貌を持つ少年で、『ディライト家の希望』と呼ばれている。ルーラのことを尊敬している。
ミリア
サントス侯爵家令嬢。王立高等学園の二年生。嫌がらせを受けていたところをルーラに救われ、一番の親友になる。

CONTENTS

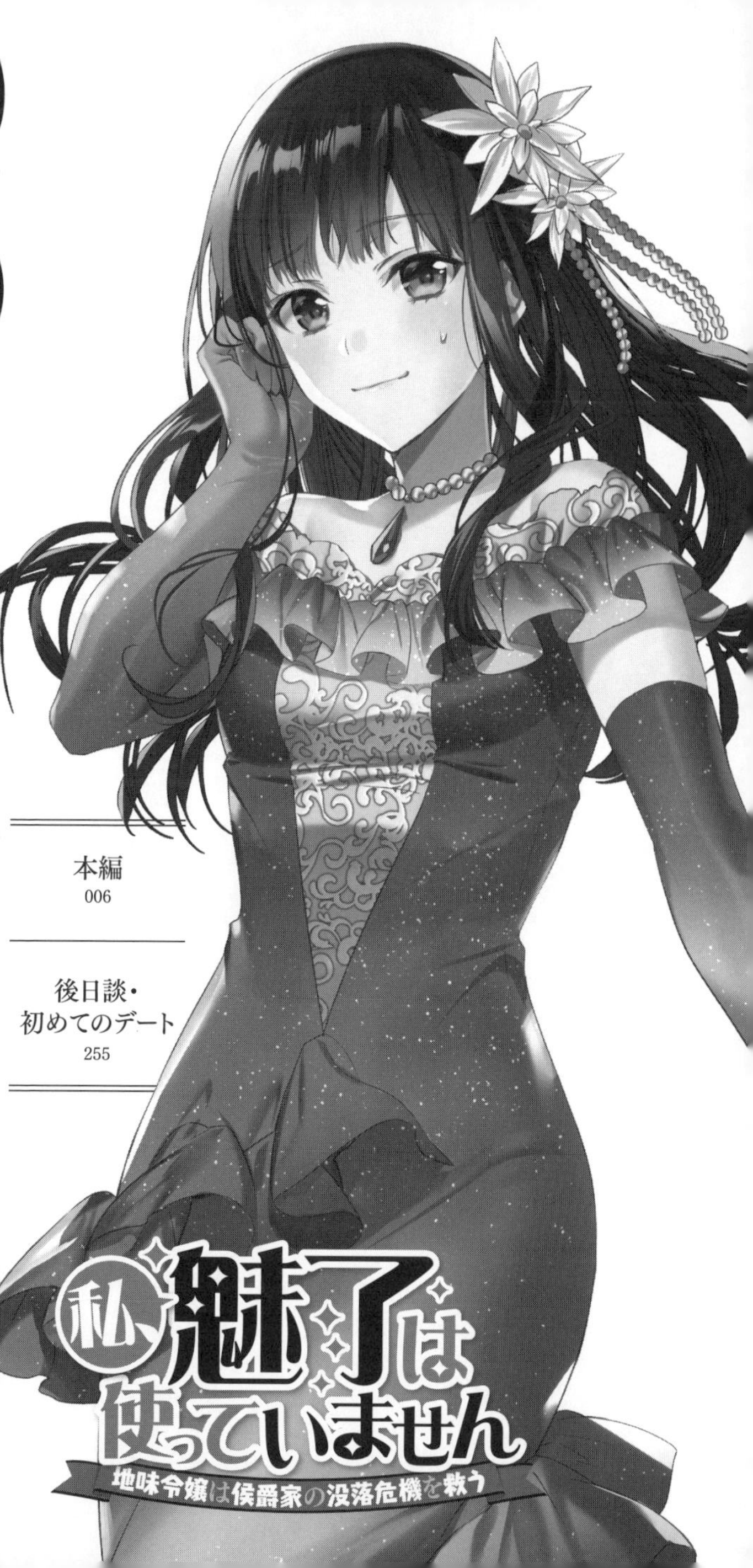

私、魅了は使っていません
地味令嬢は侯爵家の没落危機を救う

第一話　地味令嬢、命令を受ける

王立高等学園は十五歳となる年に貴族の子女が入学し、三年間通う学校である。学園の入学式前日に家族で入学を祝うのが、ここエスプランドル王国の習慣だ。

その日の夕食は、私の入学祝いということで私の好物が並んでいた。だが、食卓についてすぐのお父様の言葉で私はたちまち食欲を無くした。

「ルーラ。魅了魔法を第一王子であるエドワード殿下に使い、婚約者となって欲しい」

いつも通り優しい口調だったが、それは命令だった。

＊＊＊＊＊

私、ルーラ・ディライトは、ディライト侯爵家の長女として生まれた。

ディライト侯爵家は、貴族社会で『容姿で成り上がった家』と陰口を叩かれることがある。実際、歴史的にそれは正しい。そして、確かに美男・美女が多い家系である。

一族には多くの美男・美女がいる。だが、私以外の我が家の三人だけでも、その容姿に伴う話は尽きない。

　スラリと高い背に薄茶色の髪、涼しげな薄い緑色の目。そんなさわやかな容姿のお父様の別名は『緑色の美丈夫』。お父様は王家と王城の警護・警備を担《にな》う騎士団に属している。

　その容姿は衰えを知らず、四十歳を過ぎた今でも城門の警備に立つ際にはお父様目当てのご婦人達が詰めかけるという。

　十代の頃、『エスプランドル王国の妖精』という別名を持っていたお母様は、ディライト侯爵家の分家筋の出身だ。金髪に宝石のように大きな青い目を持ち、可憐《かれん》な顔立ちをしている。

　その美しさたるや、お父様と十七歳で婚約するまでは毎日十人の男性からプロポーズを受けていたという伝説が貴族社会で囁《ささや》かれているほど。今でも夜会やお茶会に招待されることが多い華やかな存在だ。

　ちなみにお母様曰《いわ》く、実際にプロポーズを受けたのは毎日二人くらいとのこと。とにかく、一日で守りたいと思わせる可憐な美少女だったことは間違いない。

　十歳になる弟のアランは、お母様そっくりな金髪と青い目を持つまるで人形のような美少年だ。まだほとんど家の外に出ていない年齢にもかかわらず、毎日のように令嬢達からプレゼントや手紙が届いている。きっと学園に通う年齢になれば、お母様を超える伝説を生むに違いない。

　親族曰く、アランは『ディライト家の希望』。さらに我が家が成り上がるために、その容姿を存分に使うことが期待されている。

そして、私はというと、東の大陸から嫁いできたという曾《ひい》おばあ様にそっくりな痩せた体に黒い髪、一重の黒い目を持っている。

ただ、残念ながら、エキゾチックな美人だったという曾おばあ様から美人という点を受け継ぐことができなかった。親族からはこの地味な容姿ゆえに『使えない娘』と呼ばれている。

その上、社交的で多くのコネクションを持っていたという曾おばあ様には性格も全く似ていない。

私は部屋に閉じこもり、本ばかり読んでいるからだ。

外に行けば『地味なディライト家の娘』と、上から下までジロジロと見られる。だから、屋敷からほぼ出ずに生活することにしているのである。

そんな私にとって、本を読むことは外の情報を仕入れることができる唯一の楽しみだ。

＊＊＊＊＊

「はぁっ？　み、魅了魔法ですか？」

驚いて、素《す》っ頓狂《とんきょう》な声を上げる私。

お父様はワイングラスを片手に真剣な顔をしている。まるで一枚の絵になりそうな姿である。

「侯爵の称号をなぜ、我が家が賜《たまわ》ることができたのかは知っているよね？」

「はい。お父様。門外不出の『ディライト家系史』に記載があります」

私は目を閉じて、『ディライト家系史』の表紙を頭に浮かべた。

『エスプランドル歴八五七年。エスプランドル王国と隣国ランドール王国の間に北の森を巡る領土戦争が勃発した。

エスプランドル歴八五九年。エスプランドル国王・ジョージの元へランドール国王よりの親書を持った使者が到着した。その親書には、ディライト家十八代目当主エドガーの末娘ルイーザと第二王子ユーヤ・ランドールとの婚姻により、和平を結びたいとあった。ディライト家はルイーザを密かに第二王子ユーヤと接触させていたのだった。

その際にユーヤ王子はルイーザと恋に落ち、戦争の勝利より和平を望んだと親書にはあった。

同年、二人の婚約発表と共に和平が結ばれた。

国王は「ディライト家は愛で戦争を止めた」と褒《ほ》め称《たた》え、ディライト家は男爵より侯爵へ陞爵《しょうしゃく》した』

目を閉じたまま『ディライト家系史』の文章を暗唱し終え、私はゆっくりと目を開けた。

容姿には恵まれなかったが、これは私の唯一の特技である。

私はどんな本でも一度読めば、表紙を頭に浮かべるだけで書かれた文章を一文字も違《たが》わずに暗唱することができるのだ。

お父様は私の暗唱に満足そうに頷《うなず》き、ワインを口に含んだ。

「では、ルーラ。ディライト家のために魅了魔法を使ってくれないか?」

「先ほどから一体、何なのですか？　魅了は確かにあのルイーザ様が使ったとされる魔法ですが……」

頭の中には、先ほどの『ディライト家系史』の文章の続きが浮かんでいる。私は再び暗唱を始めた。

『なお、この和平は愛によるものではない。ルイーザは魅了魔法の使い手で、密かにユーヤ王子に魔法をかけたのである。

ディライト家十八代目当主エドガーは、ルイーザに「ディライト家がより高い地位を得るために自分の容姿と魅了魔法を使い、王子を射止めて戦争を止めよ」と指示をしていた。そして、ルイーザは戦場を慰安で訪れた踊り子を装って、ユーヤ王子と接触した際にこの魔法を使った』

これが我が家に伝わる『愛が止めた戦争』の顛末《てんまつ》である。

魅了とは、人の心を虜《とりこ》にして操る魔法。つまり、戦争は陞爵を望んだディライト家の当主の企《たくら》みによって、魔法の力で止められたのである。

歴史上は『愛国心が厚いディライト家の計画により、ルイーザはランドール王国の情報を探るために踊り子として敵地に侵入した』ということになっている。

魅了魔法を使わずとも、ただの踊り子が王子と接触できただけでも側室か愛人くらいにはなれたのではと私は思うけれど……。

とにかく魔法を抜きにしても、ルイーザが自分の容姿を一〇〇％使って王子に近づいたのは本当のことだ。だから、『容姿で成り上がった家』なのは歴史的にも事実なのである。

そもそも、ディライト家は美しい容姿がなければ始まらなかったのだ。

千年ほど前、魅了魔法の使い手であった魔女が、美しい容姿を持っていた平民の男に恋をした。男は自分が魔女と結婚する条件として、この国での貴族の地位と魅了魔法のかけ方を教えることを要求した。そうして男は魔女の魔法の力によって、この国の男爵となった。これがディライト家の始まりだと、家系史の最初に記載されている。

『ディライト家系史』が門外不出とされているのは、この魔法、魅了の存在が理由だ。

魅了魔法は今では詳細なことがわからず、失われた魔法だとされている。だが、家系史には失われたはずの魅了魔法の呪文が記されているのである。

家系史によると、魅了は当時から使える者がほとんどいなかった魔法だそうだ。使い手が少なかったこともあるが、そもそも使った者が語りたくなる種類の魔法ではなかったことが、歴史的にこの魔法が表に出ていない理由だと私は思っている
「遂にその我が家の秘密、魅了魔法を使う時が来たのだよ！」

お父様は嬉《うれ》しそうに言いながら、分厚いステーキを頬張った。

私の入学祝いの席だというのに、先ほどからの訳のわからない話で本人には全く食欲が湧かない状況だ。でも、隣ではアランが美味しそうにステーキを食べているし、お母様も優雅にパンをほおばっている。

魔法を使うなんて無茶な話。お父様には悪いが、さっさと話を止めて食欲を取り戻そうと私は早口で言った。

「私、魔力なんてきっと持ってないです。ルイーザ様の時代はみんな魔法を普通に使えたのでしょうが、五百年近く経った今、魔法使いは希少な存在ですよ」

魔力が無い者に魔法は使えない。これで話は終わるはず。私はコップの水を一口飲み、一息ついた。

するとお母様の悲しげな声がした。

「そんな風に言わないで。きっと、あなたは魔力があるわ。東の大陸から嫁いできた曾おばあ様は、簡単な火と水の魔法が使えたそうよ。あなたと曾おばあ様は似ていると、おじい様がいつもおっしゃっているわ。きっと魔力も受け継がれているわよ」

長い睫毛《まつげ》で潤んだ瞳を翳《かげ》らせているお母様を見て、私は何も言えなくなってしまった。

「そうでしょうか……」

「あなたにこのディライト家がかかっているのよ。やると言ってちょうだい」

「はい。あっ、しまった……」

美しい青い目を潤ませているお母様は、娘の私から見ても儚《はかな》げ。私は話の意味がわからないまま、思わず、「はい」と返事をしてしまったのだった。

「そうか。やってくれるか！　我が一族にはルーラしかエドワード殿下と年が近い女の子はいない。

いやぁ。頼みを聞いてくれるか心配したよ。ルーラはエドワード殿下と同じく、明日から王立高等学園に入学する。チャンスはたくさんあるはずさ」

ここぞとばかりに満面の笑みを浮かべ、お父様が口を挟んだ。

「確かにそれはそうですが……」

「なんせ、ルーラは我が家では珍しく頭が良い。本を暗唱するという特技もある。ルーラなら必ずなれるさ。見事、魅了を使いこなしてエドワード殿下の婚約者にね」

お父様の緑色の目には期待が込められている。

「殿下は今年十五歳。婚約者は十月の王妃殿下主催のお茶会で決まるわ。だから、それまでに頑張って頂戴《ちょうだい》ね」

お母様は、安堵《あんど》したかのように可憐な微笑みを浮かべた。

王妃主催のお茶会は毎年開かれている。だが、国にいる王子が十五歳となる年は婚約者候補の令嬢達が招かれ、その場で審査を受けるのがこの国の慣例だ。

容姿しか取り柄のない我が家から。しかも、地味な私が王子の婚約者候補に選ばれるわけはない。

王子の婚約者になるには、魅了に頼るしかないだろう。

「では、十月が期限ということですね。ところで、どうしてそんなことをする必要が？」

私の問いにお父様の緑色の目は、悲しげに揺れた。

第二話　地味令嬢、王子と知り合う

私が王立高等学園に入学して、一か月が経った。

気が付けば、もう五月だ。

あの夜以来、我が家には重苦しい雰囲気が漂っている。

そして、お父様とお母様は私に毎日のように尋ねる。「魅了は使えるようになったか」と。

「あの時のお母様の顔、あれは私に返事をさせるための作戦だろうな。さすがは容姿で成り上がったディライト家。あれはお母様がその昔使っていたと聞く、誰でも忠犬のようにしてしまうディライト家のテクニックの一つに違いない」

今は学園の昼休み。

私は一人、ぶつぶつと愚痴《ぐち》を呟《つぶや》いている。

今いる場所は、学園の裏庭にある私の隠れ家《が》である。

沈丁花《じんちょうげ》や金木犀《きんもくせい》の間にすっぽりと空いたスペースで、令嬢達の煩《わずら》わしい声から逃れるために見つけた場所。

ここに座ってしまえば、私の姿は誰からも見えない。その上、大きな木があるお陰で日陰になっていて心地いい。下は芝生で私が大の字で寝転がれるくらいの広さだ。

入学初日から「あれはディライト家の顔じゃないわね」なんて言う声が聞こえてきた。

すぐに教室にいることにうんざりした私は、人があまりいない裏庭で昼休みを過ごすようになった。そしてある日、さらに人目に触れないこの場所を見つけたのである。

「『はい』と言わなければよかったのだろうか……」

芝生に一人座り、ポツリと呟いてみる。

だが、いつも優しいお父様とお母様があの日、あんな芝居がかった真似をしてまで私に返事をさせたかった気持ちは理解できる。

それほど、あの夜にお父様が話した内容は切羽詰《せっぱつ》まったものだった。

なぜなら、我が家は没落寸前なのだ。

突然の我が家の没落危機。それは、お父様の大失態が招いたことである。

＊＊＊＊＊

入学式前日に話を戻そう。

私がどうして魅了魔法をエドワード王子に使う必要があるのかと、訊ねた後のことである。

「ラクザ王国は知っているね？」

お父様は、私の問いに食欲を失《な》くしたのかナイフとフォークを置いた。

「はい。悪名高き侵略国家です。千年以上前から周辺の国々の侵略を繰り返し、圧政を強《し》いてきた。近年は勢力を弱めたもののこれ以上放置はできないと、我が国を含む五か国が連合軍を組織。その連合軍によって、二十年ほど前に滅ぼされた国です」

「その通りだ。そのラクザ王国の残党に動きがあった。そこで城内では厳戒態勢がとられていたんだ」

お父様の話によると、三月の終わりに北方のノースタニア王国で国王一家が暗殺されたとの情報が入ったそう。

その事件には内通者がいたとみられるが詳細は不明。ただ、国王の亡骸《なきがら》はラクザ王国の国旗に覆《おお》われていたらしい。

ラクザ王国の国王の一族は戦死また処刑され、連合軍の後押しにより、かつてラクザ王国に滅ぼされた国の王子が新たな国を建てた。

だが、わずかながらに生き残ったラクザ王国の残党が、連合軍に参加した国々の王に復讐を企《くわだ》てている。そんな噂が戦争の終わった直後からあった。

ノースタニア王国も連合軍に参加した国の一つだった。

いよいよ彼らが計画を実行する時が来たのだと、連合軍に参加した国々は戦々恐々《きょうきょう》としているそうだ。

ラクザ王国の兵士達は屈強で、しかも魔力が強い魔法使いが多くいたためである。

加えて、生死不明とされている『ラクザの守護神』と呼ばれるラクザ王国最強の将軍。彼が生きているとの噂も各国を震えあがらせているそうだ。

そこで、我が国でも国王一家が狙われることを危惧《きぐ》して、厳戒態勢をとっていたのだった。

「で、そのラクザ王国の残党が、魅了魔法を使うことにどんな関係が？」

お父様はますます食欲を失くしたのか、遂には給仕にステーキが半分以上残っている皿を下げるように指示し、弱々しい声で言った。

「実は昨日、商人とその使用人を装った三人の男が城内に侵入してね。ちょうど、警備をしていた私の横を通った。それなのに逃がしてしまったのさ」

「もしや、その侵入者がラクザ王国の残党ですか？」

「その可能性が高いと、城内では判断されている」

お父様は力なく頷き、その出来事の顛末を教えてくれた。

城の庭園の見回りをしていたお父様に「侵入者だ！　そいつらを止めろ！」と同僚の騎士が叫ぶ声が聞こえた。見ると、侵入者と思われる三人の男が走ってくる。

だが、鍛錬などしたこともないお父様は剣を持つだけで必死。彼らを攻撃できなかった。

その上、お父様は逃げる彼らに追いつくことができなかった。別の騎士が一人の侵入者の足を矢で射っていたのにもかかわらずだ。異常に遅いその足が原因だった。

そうして、今までなんとかごまかしてきた剣の腕と運動神経がゼロだということが、遂に騎士団長に露見してしまったのだ。

もちろん、侵入者を逃してしまったことが一番の問題ではあるが。

そもそも、お父様は「私、あの方の騎士の正装姿がみたいわ」という国王の妹君の一言で二十歳の時に騎士に取り立てられただけ。騎士となって約二十年、功績をまったく挙げていない状態だったのだけれど。

「まぁ、あなた。泣かないで。きっと大丈夫ですから」

目を潤ませてうなだれている様子のお父様は、妙に艶《つや》っぽい。

お母様はそんなお父様の手をぎゅっと握って、優しく微笑んだ。まるで、何かの物語の一場面のようであった。

「そうだな。きっと大丈夫だ。たとえ、新しい騎士が見つかり次第、厄介払《くび》いになろうとも。それと同時に処分が発表されると言われて没落の危機であっても、我が家には魅了魔法があるのだから！」

お父様はお母様の励ましで少し元気を取り戻したようだ。

この時、私はやっと理解した。

「なるほど。没落危機を回避するため、魅了魔法を使って私がエドワード王子の婚約者になるという計画を二人で立てたということですね」

これは、ディライト家の歴史上最大の危機なのである。

なんせ今までずっと成り上がってきており、下がったことはないのだから。

＊＊＊＊＊

「半ば流されるように返事はしてしまったけど、計画的には正しい。エドワード王子は婚約者を決める年頃。彼が私に夢中になって、私以外は嫌だと駄々《だだ》をこねてくれれば、お父様の失敗は取り消せるはず」

ふぅっと私はため息をついた。

「でも、婚約するってことは私が彼と結婚するってこと？　いや、ないでしょう。それは……」

こんな地味な王妃がいるわけがないし、人目につくのが嫌なのに王妃など務まるはずもない。

「結婚する前に婚約破棄してもらえばいいか。魅了が解けた瞬間に王子は私を嫌になるだろうし。うん。没落回避後、婚約破棄。それでいい」

だがすぐに、私は頭を抱えた。

「だけど、魅了魔法は地味な私にはどう考えても無理。魅了は対象人物の目を見て呪文を唱えないとかけられない魔法だから」

魅了をかける大前提は、エドワード王子の目を見られる場所に私がいるということ。

エドワード王子と私は同じクラス。でも、それは無理な話だ。

王子には取り巻きが多く、教室内でも王子までたどり着くのに一苦労の状態なのだ。

エドワード王子は第一王子で国王の唯一の子ども。彼を射止めたいという令嬢達、出世を目論《もくろ》む子息達が彼の周囲で目を光らせているのである。

近寄ってみたところで、「地味なディライト家の御令嬢が殿下に何の御用？」などと令嬢達にチクチク言われ傍《そば》まで進むことはできないだろう。

そんなわけで、私はエドワード王子争奪戦には参加もせずにリタイアを決めてしまった。

だが、実は問題はこれだけではない。

「その前に、魔力が発動しない」

私はこの一か月、『初級魔法入門』という本を読みつつ魔力の発動の練習をしてきた。

目を閉じて集中し、手の平に魔力を集める。これが魔力の発動。

魔力を発動させて呪文を唱えると、魔法を使うことができる。

魔力属性や魔力量で使える魔法は異なるのだが、とにかく魔力が発動しなければ話は始まらない。

魔力は手の平から出るらしく、発動すると手の平が温かくなるそうだ。だが、どれだけ練習をしても私の手の平は温かくはならないのである。

「でも、没落は困る……」

じわじわと我が家の没落は近づいてきている。

一昨日《おととい》の夕食時、「遂に新たな騎士の募集が始まった」とお父様は言っていた。

お母様は社交界のコネクションを使って、いろいろな人にお父様を助けて欲しいとお願いしているそう。でも、華やかなだけの人脈はあまり役には立ちそうもないと目を潤ませていた。

我が家はいわゆる金持ち貴族ではない。あくまで容姿で成り上がっただけ。資産を運用してきたわけでもなく、商才があるわけでもない。

だから、没落して領地没収、もしくは辺境の領地をあてがわれたとする。そうするとたちまち、窮地に陥《おちい》るだろう。

お父様とお母様の悲しそうな顔を思うと、暗い気持ちになる。当然、幼いアランには、辛い思いなどさせたくない。

それに……。

「本は高価な物。没落すると確実に買えなくなるだろうな」

本を暗記する能力はある。でも、買い集めた本を何度も読み直してその世界に没頭するのが何より私は好きだ。

地味な私でも、本があればどこにでも行けるし、何にでもなれるから。

「やっぱり、魅了を使うしかない」

気合を入れるようにそうだと、大きく頷いてみた。だけど、問題は山積みである。

「あぁ、もう。どうしたらいいかわからない」

私は芝生の上にゴロンと寝転がり、今日はもう考えるのをやめようと目を閉じた。

＊＊＊＊＊

ガサガサッ。

誰かが木々を掻《か》き分けて入って来たのかもしれない。

芝生の上で目を閉じて、ウトウトとしていた私はその音で慌てて目を開けた。

「う、うぁっ！」

私は思わず、令嬢らしくない大声を上げてしまった。

だって、体を起こした私の目の前に座っていたのは、エドワード王子だったのだ。

「人がいるとは思わなかった。悪いけど、少し隠れさせてもらうよ」

エドワード王子は走って来たのか、息を切らしている。

金髪に薄い青色の目の彼は、世間的には美少年のはずだ。普通の令嬢なら、ここで王子に見惚《みほ》れてしまうだろう。だが、我が家で美形を見慣れている私は動じなかった。

「エドワード殿下、どうされたのですか？」

「実はその……。ちょっと困ったことがあって」

「あぁ。令嬢達に囲まれたのですね？　この前は作ってきたクッキーの味を見てくれと囲まれてお

られました。今日はどのようなことで？」

大多数の生徒達は、学園内の食堂で昼食を食べる。私は食堂で他の学年の生徒達からもジロジロと見られるのが嫌で、家から持参したお弁当を教室で食べている。

隠れ家に行こうと教室を出る時、食堂から戻ってくる王子達とすれ違うことがある。その度に令嬢達に囲まれて困ったような笑みを浮かべる王子を私は見ていた。

「よく知っているね。ある令嬢に髪形の感想を聞かれて褒めたら、他の令嬢達にも自分の髪形の感想をと取り囲まれて。今日は特に鬼気《きき》迫っていたよ。あっ。別に嫌だと言う意味ではなくて……」

一瞬、王子は苦いものを食べたように顔をしかめた。

いつも微笑みを絶やさない優しい王子様。そんな雰囲気の彼だが、これが本音なのかもしれない。

私は急にエドワード王子に親近感を覚えた。

「容姿のこととなると彼女達は特に必死になりますからね。もしや、それで走って逃げてきたのですか？」

「君は何でもお見通しなんだね。ちょっと図書室へと言って逃げようとしたら、彼女達全員がついてきた。困り果てて、走って逃げることにした。それでもついてこようとする令嬢もいてね。ここならと、隠れることにしたんだよ」

「フフフフッ……。走って逃げるなんて。殿下はこの国の第一王子なのですから、『勉強に集中したいから、教室から出ていけ』とか命令すればいいのでは？」

今まで想像もしていなかった年相応の男の子らしい王子の様子に私は思わず、吹き出した。

「言われてみれば、そうかもしれない……」

王子は照れくさそうな顔をする。

「よろしければ、ハンカチをどうぞ。」

私は枕にしていたカバンから使っていないハンカチを出し、汗だくの王子に渡した。

「ありがとう」

しかし、その後、特に話すことがなく微妙な沈黙が続いてしまった。

「こ、ここは私の隠れ家ですが、令嬢達に追いかけられたら使ってもいいですよ」

困った私は思わず、こう言ってしまった。

「君は不思議な令嬢だね。僕に会ってもまったく動じないし、媚《こ》びるような作り笑いもしないなんて」

エドワード王子は優しく微笑むと、しばらくして立ち去った。

「もしかして、王子と知り合いになったのかも。そうだ。隠れ家なら、目を見られる。魅了がかけられるかも」

没落回避に一歩前進したかもしれない。

私は小さくガッツポーズをして、教室に戻った。

第三話　地味令嬢、王子の胃袋を掴《つか》む

「あぁ、今日も騒々しい……」

隠れ家でエドワード王子と知り合い、二週間ほどたった朝である。

教室に入るなり、私はため息をついた。

彼と親しくなりたい子息達、彼を狙う令嬢達は授業前、休み時間、そして昼休みと欠かさずにやってくる。

その様子はえさに群がるアリのようにも見え、私はエドワード王子に同情している。

さて。私と彼の関係はというと……。進展はない。彼はあれ以来、隠れ家に来ないからだ。

だが、ここ数日の私はこれまでの没落回避の重圧から解放されて過ごしている。

新たな騎士の募集のせいで落ち込んでいたお父様の機嫌が、すこぶる良いからである。

＊＊＊＊＊

数日前のこと。

「聞いておくれ！　私もまだまだ捨てたものじゃないぞ！」

帰宅するなり、お父様は食堂に駆けこんできた。

私とお母様、アランの三人はお父様の帰宅が遅いため、先に食事を始めようと食卓についたところだった。

「どうしたのですか？」

席につくと、お父様は給仕がグラスに注いだワインを一口飲んだ。

そして、ワイングラス片手に女性達が卒倒しそうな美しい笑みを浮かべた。

「フフフ……。実は今日、騎士団の入団試験が始まったのさ。でも、何が起こったと思う？」

「さぁ？」

「面接を済ました数人と面接予定の数人。どちらからも、今回は辞退したいとの申し出があった。なんと、理由はご婦人に大人気の緑色の美丈夫、私の後釜だからなのさ」

「まぁ。さすがですわ。美しさでは旦那様に敵う騎士はいませんもの。城門の警備中、百人ほどのご婦人たちに囲まれたことがあるのですから」

お母様はお父様を見つめながら瞳を潤ませている。

「そう、あれは騎士団史上初だった。危険だからと別の騎士達に警護されて城へ戻るなんてね」

二人は微笑み合っているが、イマイチ私には話が見えない。そこで、自分なりに考えてみた。

「つまり、お父様の人気には敵わないと、志願者が試験を辞退したということでいいですか？」

「その通り。応募してきた若者達にはご婦人達《ファン》の数がプレッシャーらしい。これで没落までの時間の猶予《ゆうよ》ができたはずさ」

ここでも容姿に助けられるとは、さすがは『容姿で成り上がった家』である。

なお、次は騎士団長が貴族の子息達に騎士への士官を直接打診するそうだ。

そんなわけで、お父様はここ数日、ご機嫌なのである。

とはいえ、あくまで時間の猶予。没落を回避しなくてはいけないのは変わらない。

＊＊＊＊＊

さて、今朝《けさ》のエドワード王子は満面の笑顔を浮かべている。

隠れ家で私が見た顔とは大違いである。

どうやら、王子は大人気の小説『アーサーと三人の仲間二巻』を発売日前にプレゼントされたようだ。

それは、二週間後に発売される小説のはずである。だが、王子の取り巻きの一人である公爵家の子息が、その小説を王子に手渡したのが見えた。彼は、権力と金を使って発売前に小説を手に入れたに違いない。

一瞬、迷った顔を見せたものの、王子はいつもよりもいっそう輝く笑顔でその本を受け取った。

『アーサーと三人の仲間』は、不吉な予言を受けたために生まれてすぐに捨てられ、鍛冶屋《かじや》の息子として生きていたある国の王子の話。彼が自分の出生を知り、祖国を救うために旅に出るというストーリーの少年向け小説である。

私は予約済みだが、二巻は予約だけですでに初版分は完売していると聞く。

前巻はこれから旅に出発というところで終わっている。しかも、タイトルに三人の仲間とあるのにまだ仲間が二人しか登場していない。

続きが気になりすぎて、二巻が出たなら徹夜して読もうと私は決めている。

だから、ご機嫌とりの賄賂《わいろ》的なものだとわかっていても、王子が受け取ってしまう気持ちはわかる。

嬉しそうに本を開くエドワード王子を私は羨《うらや》ましげに眺めていた。

すると、何となく私をにらむ視線を感じた。

その視線は、エリザ・デューサ公爵令嬢のものだった。

彼女は王子の婚約者候補の一人とされている。艶やかな薄い紫色の髪の美しい令嬢だ。

容姿も身分もエドワード王子に申し分ない彼女。本来ならば王子の婚約者の座を狙う私のライバルとなるのかもしれない。

でも、私は彼女が苦手だ。『将来の王妃』と自身で自慢げに言い、周囲も彼女の権力と将来の地位に従う。

私は知っている。彼女が従者が入れない学園の入り口から教室まである令嬢にカバンを持たせていることを。

そんな彼女ににらまれでもしたら大変だ。私は王子から目を逸らし、慌ててうつむいた。

＊＊＊＊＊

待ちに待った昼休み。

私は隠れ家で束の間の解放感を味わっていた。

「失礼するよ」

突然、そう声がしたかと思うと、木々の間からエドワード王子の顔が覗《のぞ》いた。

「殿下！」

いつも通り、寝転びながら本を読んでいた私は大急ぎで起き上がった。

王子の手には『アーサーと三人の仲間二巻』。心なしかそわそわしている様子である。

なるほど。ゆっくり本を読むために取り巻きから逃げ出してきたというところか。

「今日は走って逃げてないよ。まず、本をゆっくり読みたいと言って図書館に行った。そして、図書館の中で彼らを撒いてここへ来た」

私の心を見透かしたのか、エドワード王子は少し焦った様子で言った。

「それでは、あまり先日と変わらない気がしますが？」

「そうかな」

王子は照れくさそうな表情を浮かべると、『アーサーと三人の仲間二巻』を開いた。

少し経った頃、王子は不意に私に訊《たず》ねた。

「ルーラ嬢はキャラメルを食べたことがある？」

私はその言葉にピンときた。すると、無意識に『アーサーと三人の仲間一巻』の表紙が頭の中に浮かぶ。

『ランスはアーサーに言った。

「旅にはキャラメルを持っていこう。あれは良い携帯食になるよ」

ランスの父はコックだから、食べ物に詳しい。道に生えている食べられる草を見分けることができる彼と旅をすれば、飢えることはないだろう。

彼は頼りになる旅の仲間だと、アーサーは思った。

二人はキャラメル作りを始めた。

用意するものは、牛乳、砂糖、水飴、そしてバターだ。

煮詰めるのに時間がかかるキャラメル作りは、ランスとより親しくなる時間だったようにアーサーは感じた』

……しまった、と思った時には遅かった。

気が付いた時には、『アーサーと三人の仲間一巻』のキャラメル作りの文章を暗唱してしまっていた。

私の特技である、どんな本でも一度読めば表紙を頭に浮かべるだけで暗唱できること。時々、これは私の意識しないところで始まってしまう。いわば癖というやつである。

お父様とお母様、アランの三人はいつも凄いと絶賛してくれる。でも、親戚達からは何の得にもならない特技の上に地味な娘がブツブツと言うのが気味悪いと言われている。

エドワード王子にも気味悪がられるかもしれない。そうなれば、目を見て呪文を唱えるなんて不可能になってしまう。

「もしかして、本を暗記しているの？」

案の定、エドワード王子は広げていた本をパタンと閉じて、怪訝《けげん》そうな目を私に向けた。

「はい。私も『アーサーと三人の仲間』のファンで。ええっと……、暗唱は私の特技でして。一度読んだ本であれば、本の表紙を頭に浮かべれば暗唱できます」

仕方なしに説明すると、エドワード王子の目は大きく見開かれた。

私は親戚達のような冷ややかな一言を覚悟した。

「それは凄い能力だね！　なるほど。ルーラ嬢の成績が天才と言われる宰相の次男を抑えて、学年で一番の理由がわかったよ」

私の予想に反して、聞こえてきたのは感嘆の声。

家族の三人以外にこの特技を褒められたのは初めて。ほっとしたようなむず痒《がゆ》い気分になるが、その気持ちは疑問でかき消された。

私の成績をどうして彼が知っているのだろう？

だけど、その疑問を深く考える暇はなかった。興奮した様子のエドワード王子があの本はこの本はと、次から次へと私に暗唱させたからだった。

しばらく経ち、興奮が少し収まったのか王子は思い出したように言った。

「ん……？　そういえば話の途中だったね。あぁ、そうだ。キャラメルの話だった。僕はキャラメルを食べたことがないんだ。母上に食べさせてもらえない」

悔しそうな様子だが、それは仕方がないかもしれない。

『アーサーと三人の仲間』の影響かキャラメルは子ども達の間で大人気となり、街にはキャラメル屋が何軒もできた。

だが、貴族の間ではキャラメルをくちゃくちゃと噛むことが、行儀が悪いとされている。貴族の子ども達は、なかなか食べさせてもらえないお菓子の一つなのである。

さて、昼休みは終わり、私と王子は別々に教室に戻ったのだけど……。

午後の授業の間中、私の頭はキャラメルでいっぱいだった。

王子とよりお近づきになれば、隠れ家にもっと来てもらえて容易に目を見ることができる。そうすれば、魅了魔法がかけられる。

つまり、食べたがっていたキャラメルを王子に渡せば、一気に親しくなれて没落回避のためにもう一歩前進できるはずだと。

＊＊＊＊＊

帰宅後、私はキャラメルを作ることにした。

実は以前、料理長に手伝ってもらいながら本のレシピ通りにキャラメルを作ったことがあるのだ。エドワード王子のためにと言うと、お父様とお母様は魅了が成功したのかと大騒ぎしそうだ。だから作戦を立て、アランに協力してもらった。

その作戦は、夕食前にアランに泣きそうな顔でこう言ってもらうことから始まった。

「お母様。僕、夕食のデザートはキャラメルがいいです。どうしても食べたいのです」

「まぁ。そんなに食べたいの？　お行儀が悪いものだけど、たまにはいいわよね。でも、困ったわ。キャラメルを買いに行くには遅いかもしれないわ」

お母様は私の目論見通り、困った顔をした。そこで、私はすかさずお母様の前に立った。

「それでは、私が作りましょう。作り方はわかっているので料理長に手伝いを頼んでいいでしょうか？」

作戦は成功。私は王子に渡すためのキャラメルを作ったのだった。

＊＊＊＊＊

「私の手作りですが、よろしければ」

キャラメルを作ってから二日後。私はようやく隠れ家にやってきた王子にキャラメルを渡すことができた。

渡す手段を考えていなかった私は、キャラメルを入れた袋をカバンにひそませ、王子が隠れ家に来るのをひたすら待っていたのだった。

不思議なことに、エドワード王子は教室では私に話しかけてこない。やっぱり、地味令嬢は嫌ということなのだろうか。

私がそんなことを思っている間に王子はキャラメルを口に入れた。その瞬間、とろけるような甘い微笑みが王子に浮かぶ。

「ありがとう。残りは大切に食べるよ。こんな美味《おい》しいものを手作りできるなんて。頭が良くて、お菓子も作れて。……それに、いつも凛《りん》としていて素敵だ」

王子の微笑みを見た私は歓喜した。喜びのあまり彼の呟きは聞き逃してしまったが、その表情からキャラメルが美味しかったのは間違いないだろう。

これは王子の胃袋を掴んだ。いや、お近づきになったということに違いない。

これで何の心配もなく本を読める毎日が戻る日も近いと、私は浮かれた気分でその日の午後を過ごしたのだった。

しかし、私のこの気分はお父様に砕《くだ》かれることになる。

第四話　地味令嬢、友達ができる（前編）

エドワード王子にキャラメルを渡した日の放課後。

迎えの馬車で屋敷に着いた私は、学園からの良い気分のまま玄関ホールへと入った。

ところが、そこにはこの世の終わりのような暗い顔をしたお父様が座り込んでいた。

「お、お父様？」

「遂に没落だ！　騎士候補の調整がついて、十日後に入団試験が決定した」

「そんな」

思ったより早く、その時が来てしまった。私の目の前はたちまち真っ暗になった。

王子とお近づきになっても、先に没落しては元も子もない。

こんなことなら、発売前の『アーサーと三人の仲間二巻』を貸して欲しいと王子に頼んでおくべきだったと咄嗟《とっさ》に思う。

本は高価なもの。予約済みであるが、没落が決まれば予約の取り消しをせねばならないだろう。

いや、他にも心配すべきことがあるのはわかってはいるけれど……。

動揺する私の前でお父様はノロノロと立ち上がった。

「団長の打診を受けて、騎士団の入団試験を受けてもいいと返事をしてきたのはトワイト侯爵家の次男、ユース君だ。学園を卒業したばかりの十八歳だそうだ」

「トワイト侯爵家といえば、名門貴族。我が家のような成り上がりとは違う。確か現当主、トワイト侯爵は大臣のお一人だったかと」

ユース様もきっと優秀な方なのだろうと思い、私の目の前はますます暗くなった。

お父様も同じ気持ちなのか、心なしか緑色の目が潤んでいる。

しかし、次にお父様が発したのは予想もしていなかった言葉だった。

「ルーラだけが頼みの綱だ。お願いだ。ユース君の婚約者、ミリア・サントス侯爵令嬢と友達になって欲しい。彼女は学園の二年生だから簡単なはずさ」

「はぁっ？　友達ですか？　確かにユース様が入団試験を辞退すれば、また没落までの時間は稼げると思いますが……」

思いもよらないお父様の依頼に私は唖然とした。

＊＊＊＊＊

「なぜ、婚約者と友達になる必要があるのでしょう？　お父様がユース様に辞退するよう頼めばいいのでは？　婚約者に頼むというのも妙ではないでしょうか？」

夕食時、私はお父様に改めて訊ねた。

没落が近づいたせいか先ほどから、お母様もアランも口を開かず黙々と食べている。昨日までとは違う、暗い食卓だ。

夕食前、「没落後も家族で仲良く暮らすためには節約しないと」とお母様は呟いていた。そのせいか、豚肉のソテーの厚さが今までより半分ほど薄い。

お父様の前に置かれたワイングラスには、普段とは違う安いワインが注がれた。これも、お母様が給仕に命じたことのようだ。

なお、お父様は没落が近づいたショックで食欲がないとパンだけをモソモソと噛んでいる。

「まったく。ルーラはディライト家の力の使い方をわかってないね。ユース君が女性なら、そりゃあ、私が頼めば一発だろうさ。でも、そうはいかないだろう？」

大きくため息をついたお父様の緑色の目は悲しげだ。

「ルーラ、魅了魔法と同じよ。魅了魔法は対象をちゃんと見ないとかけられないのでしょう？　私達ディライト家の容姿も対象を見極めて使わないと失敗すると言うことよ」

お母様はまるで勉強を教えるかのような大真面目な顔をした。

「その通り。さすがは我が妻！　だからここでは、ルーラがミリア嬢と友人となるのが一番の近道。つまり、ディライト家の力は使えないってことさ」

「なるほど……」

よくはわからないが、とりあえず私は頷いた。

これ以上、この話に触れていたくないのである。

なんせ、魅了魔法のことを持ち出され、私の額から汗が噴き出しているのだ。

魅了魔法が早く成功していれば、こんなことにはならなかったはずなのである。

「と、とにかくミリア・サントス侯爵令嬢に明日にでも、話しかけてみます」

エドワード王子に魅了魔法を使うこととは別にまた一つ、私はやるべきことができたのだった。

＊＊＊＊＊

翌日の昼休み。

教室から出るのもジロジロと見られて嫌だが、知らない令嬢に話しかけるのも嫌だ。私はうつむきながら教室を出た。

ミリア嬢と友達になるには、私から話しかけてみるしかない。だからとりあえず、ミリア嬢の教室に向かうことにしたのだ。

「あぁ、憂鬱《ゆううつ》だな」

ミリア嬢は私より一学年上の二年生。教室は私の教室の一階上だ。

階段を上る途中、何やら揉めている声が聞こえた。

「あなたの婚約、何で決まったのよ？」

「そうよ。ロザリア様があの方をお慕いしていると知っていたのに、奪うなんて」

「わ、私はそんなことは。彼とは幼馴染《おさななじみ》で、ある時から恋人同士でした」

「私のほうが美人なのに。なんであんたなのよ！」

見ると、踊り場で三人組の令嬢に茶色い髪の令嬢が囲まれている。

マズイところに来てしまった。私は踊り場まであと数段という所で足を止めた。

令嬢によくある三角関係だろうか？　ただでさえ、地味で絡みやすいであろう私だ。巻き込まれたらどうしよう。不安になった私は、下を向いて通り過ぎようと決めた。

だが、その時、バンッと音が聞こえた。

見ると茶色の髪の令嬢は頬を押さえてうつむき、足元には学園の革製の手提げカバンが落ちている。

カバンを顔に投げられたに違いない。

痛かっただろう、かわいそうに。そう思った瞬間、ある本の表紙が私の頭に浮かび、私の口は勝手に動いていた。

『騎士団法十五条、正式な決闘の条件について。エスプランドル歴九百年改訂。

騎士の決闘は、正式な申し込み方法によって王に認められたものとなる。

本来、手袋を投げることがその申し込み方法であったが、手袋を着用しない騎士が多くなった昨今では手袋を投げることが困難なため、ここに改訂する。

騎士が手に持っている物を投げる行為を正式な決闘の申し込みとする。

カバン、衣服などでも構わない。

なお、騎士でない者が決闘を申し込んだ場合、その行為をもって騎士団長に問い、その理由が騎士の精神に乗っ取ったものであれば、正式な決闘だと認められる。

この場合の騎士の精神とは、悪を正す心である』

頭に浮かんだ本は、『エスプランドル王国騎士団法』だった。

「こ、これは騎士団法です。私の父が騎士なため、暗記をしているのです。ち、父はその……騎士団法を日頃から呟いておりますので」

しまったと、慌てて私は癖をごまかす。ブツブツ言って気味が悪いと騒ぎ立てられるのは御免だ。

「ちょっと、あなた。私達が決闘を申し込んだというの？」

「私達は騎士ではないわよ！」

令嬢達の視線は、茶色い髪の令嬢から私に注がれる。

口から出てしまったものは仕方が無い。それに、ここで逃げれば茶色い髪の令嬢がもっとひどい目にあうかもしれない。

私はガタガタと震える膝で必死に立ちながら、震える声で言った。

「き、騎士団法によれば、騎士ではない人が物を人に投げつけた場合も、決闘となることもあります。『その行為をもって騎士団長に問い』。つまり、カバンを投げられたのだが正式な決闘の申し込みかと騎士団長に聞くのです」

「それがなんだっていうのよ！」

「こ、ここでのポイントは、決闘を申し込んだ理由が騎士の精神『悪を正す心』に乗っ取ったものかどうかです。正式な決闘の申し込みは正しい行いだと美談になることが往々にしてあります。ただ、あなた方の場合、どうでしょうか？」

「意味がわからないことを言わないで頂戴。これ以上、変なことを言うと宰相様と親しいお父様に言うわよ」

令嬢達の一人が、一歩踏み出して私をにらんだ。

「言っても構いませんよ。では、私も騎士団長にこれが正式な決闘になるかを尋ねます。お話を聞く限り、決闘を申し込んだ理由は嫉妬にやっかみ。このような利己的な理由ではカバンを投げたところで、正式な決闘とはみなされないでしょうが」

「だから、何を言っているのよ！」

「知っていますか？　決闘を申し込んだのに正式な決闘とみなされない場合、美談とは逆に恥ずべき行為だとされることを。話が広がれば醜聞《しゅうぶん》になるかもしれませんよ。貴族の令嬢が嫉妬心から決闘を申し込んだ。これだけでも十分に恥ずかしいですが」

私は階段を一段、また一段と上り、ジリジリと彼女達に近寄る。

「な、なによ！」

戸惑う令嬢達の前でぴたりと足を止め、私はジロリと彼女たちを一瞥《いちべつ》した。

「どうでしょう？　そんな醜聞のある令嬢。これから先、婚約者が見つかると思いますか？　婚約者がいる場合は婚約破棄もあるかもしれませんね。さぁ、私が騎士団長にあなた方の行為が決闘かどうか尋ねて、本当に良いでしょうか？」

すると、令嬢達は顔を見合わせて、後ずさりを始めた。

「あ、誤ってカバンを落としただけよ。あ、あら？　私達、用事があるのではなくて？」

「そ、そうでしたわ。早く行かないと」

「ご、ごきげんよう」

彼女達は口々に言い、逃げるように走っていった。

あぁ、怖かった。私は、その場にへなへなと座り込んだ。

「ありがとうございました。私、ミリア・サントスと申します。婚約の発表をしてから、毎日のようにああやって嫌がらせをされ、困っておりました。私がユース様と婚約したことが気に入らないようで」

「い、いえ。大したことはしていません。あっ、私はルーラ・ディライトです」

なんと、彼女がミリア嬢だったとは。こんなところで出会うなんて。

こんな状況で友達になってくださいなんて言えないと迷っていると、ミリア嬢は座り込んだ私に手を差し伸べてくれた。

「ルーラ様。これをきっかけに是非、お友達になってください。早速ですが、今日のお礼も兼ねてお茶の時間をご一緒にいかがですか？　明後日《あさって》の土曜日はお暇でしょうか？」

にっこりと笑うミリア嬢に私は驚きのあまり声を出すことができず、頷くのがやっとだった。

第五話　地味令嬢、友達ができる（後編）

「ようこそ。サントス侯爵家へ」

土曜日。ミリア嬢は優雅な仕草で私を迎えてくれた。

彼女の前には可愛らしいケーキやクッキーが並ぶ丸テーブル。傍《かたわ》らでは侍女が紅茶を淹《い》れる用意をしている。

今日は私の人生で初めて、親族以外とお茶を飲む日である。

今日に至るまでは、かなりの葛藤と苦労があった。密かに仮病を使うことが心をよぎったほどである。

もちろん、没落回避は心にある。何度考えても家族のため、それに……本のためには頑張るしかないという結論に至る。

でも、令嬢とお茶を飲むなんて、地味で引きこもりの私には無理な話だ。

だけど、お父様は「なんと！　喧嘩の仲裁をしてミリア嬢からお茶の時間に招待されただって！　それは行くしかない。ユース君のことを頼むいい機会じゃないか。さすがルーラだ」と、緑色の目をキラキラとさせていた。

「まぁ、嬉しい。ルーラにもお友達ができたのね」と、目を潤ませたのはお母様だ。

これでは仮病なんて使えるわけがない。

今日までの数日間、私はお母様によりサントス侯爵家とトワイト侯爵家に関する情報を叩きこまれた。

お母様曰く、「貴族社会は情報が命。より多くの情報を知っている者がお茶会を制するのですわ」。

要するに貴族は噂話が好きだから、いろいろな話のネタを用意しておけということのようである。

若い頃はその愛らしさから『エスプランドル王国の妖精』と呼ばれていたお母様。今でも、社交界の中心的存在で毎日のようにお茶会へ招待されている。

学校以外は外へ出ず、ほとんどの時間を屋敷で本を読んで過ごしている私にとって、この国の最新情報を教えてくれる存在なのである。

でも、毎日夕食を食べながらミリア嬢とミリア嬢が話したいだろうユース様の情報を復唱させられたのは辛かった。

そして今朝。私は両手足が同時に出るほど緊張していた。

お母様が選んだドレスから、一番地味な物を着たのだけど、こんなヒラヒラしたドレスを着るのも生まれて初めてだ。

アランが「お姉様、今日はとても綺麗です」と出がけに天使の微笑みを浮かべてくれたから、なんとか震える足を進めここまで来られたのだった。

＊＊＊＊＊

さて、お茶の時間が始まって数十分。

「ユース様から心配な話を聞いたのですわ。ルーラ様、お力になってくださいませんか？　ただ、内密にお願いします」

なんとか会話を交わしていたところ、急にミリア嬢が深刻な顔をした。

「心配な話？　なんでしょう？」

「宰相と各大臣が公式行事や祭典でつける国章のブローチは、当然ご存じですわよね？」

「もちろんです。ブローチは国王に忠誠を誓った者の証《あかし》。国章は不死鳥が翼を広げた姿。ブローチは不死鳥の体部分に大きな赤いルビーがあしらわれています」

ダイヤモンドが高級な宝石なのは言わずもがな。でも、このルビーに限ってはダイヤモンドよりも価値がある。

それは、このルビーが初代国王より七人の忠臣に渡された物だという伝説を持っているからだ。代々、国王の信頼が厚い家臣に引き継がれ、それを十代ほど前の国王がブローチにしたと言われている。

「実はそのブローチを大臣であるユース様のお父様が失くしてしまいまして。いいえ、盗《と》られたのですわ。ブローチを窓辺のテーブルに置いてジャケットを脱ぎ、振り返ったら無かったそうです。窓を開けたままにしていたそうなので、隙をついて盗まれたのに違いありませんわ」

「えっ？　ブローチは普段、城内から持ち出し禁止なのでは？」

「それが……。その日はある貴族への勲章授与の式典途中、ユース様のおばあ様が倒れたと連絡を受け、外すのを忘れ、慌てて屋敷に戻ったそうなのですわ」

それはまずい。私の頭には書庫にあった古い本が浮かんだ。でも、暗唱が始まりそうになり、私は慌てて口を押さえた。

令嬢達に絡まれていた際には咄嗟にごまかした。だが、こんな癖はミリア嬢に気味悪がられるだろう。

「えぇっと……。ルビーには古代の魔法がかけられていて。た、確か、国王への忠誠心を失った者の手から離れるとされている。ある本にそう書いてあった気が……」

暗唱をしないと、どうも調子がでない。口ごもりながら私はなんとか説明した。

私はこの話は信じてはいない。エスプランドル王国の長い歴史の中で宰相と大臣が全員、忠誠心に厚い者だったとは思えないからだ。

国王の中には暗殺された人もいる。その裏には城内での権力争いがあっただろうと私は考えているのだ。当然、宰相、大臣の中にもそれに手を貸した者はいるはずなのである。

そう考えながら紅茶を口に含んだ私は、ミリア嬢がひどく青ざめているのに気が付いた。

「それで、お父様があんな反応を。実は、お父様にそれとなく話してみたところ、そんなことは冗談でも言ってはいけないと厳しい顔をされて」

「魔法の話は嘘ですよ。古い言い伝えの本に書いてあるだけです。えぇっと。昔、ブローチを紛失した大臣がいたそうです。で、確か……。同じ時、ブローチが枕元に現れたという貴族がいて、ルビーが選んだ忠臣だと大臣になった。……そしてですね。紛失したほうの大臣は忠誠心を失った、つまり国を裏切る気だと処刑された。これが魔法のいわれです。どうせ、その貴族が盗んだ……。ミリア様？」

調子が出ないながらになんとか説明を終えると、ミリア嬢の目からは涙がぽろぽろと落ちた。

「どうしましょう、処刑なんてことになったら。ユース様のお父様は陛下を敬愛していて、忠誠心に厚い方ですのに」

今の国王が理由も聞かずに処刑をすることはあり得ないと思う。でも当然、遥か昔から伝わるルビーを紛失した罰は受けるだろう。

涙を拭くミリア嬢を見ながら、私は何かできないかと目を閉じた。

でも、考え込むと、浮かんだ本を自然と暗唱をしてしまうかもしれない。しかし、暗唱しないよう用心すると、私はどうも冴えないのだ。

その上、本が頭に浮かんでも、暗唱を堪《こら》えると先ほどのように調子がでない。

だけど、もしかしたらミリア嬢は私が本を暗唱しても気味悪がらないかもしれない。

ミリア嬢は私が地味な娘だと陰口を叩かれていることを知っているだろうに、態度にも言葉にも出すことは一切ないのだから。

迷っていると、心の中にエドワード王子の「それは凄い能力だ」と言う声が響いた。

どうしてここで彼の声が浮かぶのかわからない。だけど、その声は私の躊躇《ちゅうちょ》する心を押してくれた。

きっと大丈夫だ。考えようブローチの在《あ》りかを。

考え始めるとすぐに、一冊の本の表紙が私の頭に浮かぶ。本のタイトルは『イートン野鳥記』。

今度は、私の口は勝手に動き出した。

『長年の観察の結果、カラスは光る物を集める習性があるとわかった。

私は一羽のカラスの生活を観察していた。ある日、カラスが庭の植え込みの中に何かを隠しているのを見つけた。カラスは餌《えさ》の隠し場所を作ることがよくある。だが、そこに入っていたのは餌ではなく、貝殻やガラスの破片など光る物だった。

なぜ、光る物を集めるかはわからないが、カラスは好奇心旺盛な生き物のようだ』

「ル、ルーラ様？　本の文章のようですが、暗記しておられるのですか？　素晴らしいですわ！」

驚いたような興奮したような表情をミリア嬢は浮かべている。気味悪がられなかったと、私はほっとした。

「特技でして。あの、カラスかもしれません。ブローチを盗んだのは。窓辺のテーブルにブローチを置いたとおっしゃっていましたよね？」

「はい。そうですわ」

「トワイト侯爵家のお屋敷は、確か庭に林のような一画があるとか。ユース様のおじい様が大の野鳥好きで作られたらしいですね。その林には野鳥の巣があると聞いたことがあります」

私はお母様に感謝した。お母様の特訓がなければ思い付かなかったことであるのだから。

「ほら、言った通りでしょう」と、微笑むお母様の顔が目に浮かぶ。

「その通りです。カラスもいますわ」

「じゃあ、可能性は高いですね。大変かもしれませんがカラスが物を隠しそうな場所、建物の間や植木鉢の中、植え込みを徹底的に探してみるようにユース様にお伝えください」

「わかりました！　ありがとうございます」

ミリア嬢は明るい顔で立ち上がり、私に頭を下げた。

「そ、そんな。お礼は見つかってからにしてください」

「賢くて素敵なお方……」

ボソリと何かを呟いたミリア嬢を見ると、その頬は紅潮していた。ユース様のことを思い出したのだと私は思った。

＊＊＊＊＊

数日後の夕食時、お父様は鼻歌を歌いながら食堂に入ってきた。

没落は確定だとお父様は食欲が湧かない日が続いており、ずっと一緒に食卓を囲んでいなかったのに。

なお、今日のメインはサーモンのポワレ。やはり、今までより一回り小さい。お母様の没落に向けた節約は続いている。

あの後、ミリア嬢は元気を取り戻し、私は楽しいお茶の時間を過ごした。

だが、ユース様に騎士団の入団試験を辞退して欲しいなんて、とても言い出せなかったのである。

「聞いてくれ、ルーラ！　ユース君が入団試験を辞退した。『ディライト侯爵のお嬢様は素晴らしい方だ。お父様もきっと素晴らしい方だから、自分にはその後釜は務まりません』と言っていたそうだ」

「ほ、本当ですか！」

ブローチのことがユース様の入団試験辞退に繋《つな》がったとしか考えられない。

私はミリア嬢からブローチについての報告を受けていた。

ユース様は私の話に従って、カラスが物を隠しそうな場所を捜索。

すると、ブローチは植木鉢の中から見つかったそうだ。犯人は、やはりカラスだったのだ。

他言したと責められるのを避けるため、私からのアドバイスだとはミリア嬢とユース様しか知らないらしい。

ただ、入団試験辞退のことは聞いていなかったから、ユース様がミリア嬢に相談せずに決めたのかもしれない。

なお、ブローチのことはお父様には秘密である。お父様が外で話しでもしたら大変だからだ。

「喧嘩《けんか》の仲裁がよかったのかな？　とにかくルーラ、ありがとう。よし、みんな。今日はステーキも食べてしまおう。安心したらお腹がすいてね。さっき侍女に買いに行かせたんだ。もちろん、みんなの分も。いい肉が買えたかな？　キッチンに行って見てくるよ」

ウキウキと立ち去るお父様。

魅了魔法はまだ使えないものの、私はお父様の依頼を見事こなしたらしい。

我が家の没落までにはまた少しだけ、時間の猶予ができたようだ。

第六話　地味令嬢、友情を深める

午後の授業を受けている私、ルーラ・ディライトは、ディライト家が没落する日がヒタヒタと音を立てて近づいていると感じている。

お父様はユース様が騎士団の入団試験を辞退してから、ご機嫌な毎日を送っている。

ただ、相変わらず騎士としての業務は許可されておらず、今は剣の鍛錬を行う日々である。でも、「一所懸命、鍛錬を積めば侵入者を逃がしたことも許されるかも」と珍しく容姿を良く見せる以外のことにやる気を出している。

騎士人生二十年にして初めて、剣ダコを作るほど鍛錬に打ち込んでいるようだ。

そんなお父様を見ていると、私も没落回避のために魅了を使えるようにならねばと思う次第だ。

だけど、胃袋を掴んでお近づきになったはずのエドワード王子の様子がどうもおかしいのである。

今週に入って、ミリア嬢は昼休みに隠れ家へやってくるようになった。思えば、それからだ。我が家の没落が近づき始めたのは……。

ミリア嬢が初めて隠れ家に来た日、エドワード王子も隠れ家に姿を見せた。

ミリア嬢と顔を合わせた王子は挨拶をすると、なぜかむっとした顔をして私達から少し離れた場所で本を広げた。時折、王子ににらまれているように私は感じた。

そして、木曜日である今日の昼休み。我が家の没落は確実に近づいたと思われる。

それは、ミリア嬢がユース様の話を私に振ってきた時のこと。

「ユース様は甘いものが苦手なのですが、私の作ったクッキーだけは食べてくれますの。でも、無理をされている気がして。ルーラ様はどう思います？」

「えぇっと……」

恋どころか、人に会うのも苦手な地味令嬢の私にそんな話を振るとは。

ミリア嬢の期待に沿えるような言葉は私の口から出そうもなく、冷汗が流れ始めた時、エドワード王子の鋭い声が聞こえた。

王子は本を読んでいて、会話には参加をしていなかったはずなのに。

「ミリア嬢。男なら好きな女性が作ったものなら、なんでも美味しいと感じると思う。僕もそうだよ。例えば、キャラメルとか……。さぁ、これで君の質問は終わりだね」

「殿下？　話を聞いておられたのですか？」

驚いたようなミリア嬢の声を無視し、エドワード王子は私の方を向いた。

「ねぇ、ルーラ。『アーサーと三人の仲間』の二巻はもう読んだ？　ルーラはお菓子や恋なんてくだらない話より高尚な小説の話を好むよね？」

突然、話を振られた私は違和感を持った。

エドワード王子は、私のような地味令嬢にも微笑みかけてくれるようなお優しい方のはず。

それなのに、ミリア嬢の話を無理やり終わらせた上に無視をした。しかも、なんとなく意地悪な口調で。

それに『ルーラ』と名を呼ばれたけれど、先日までは『ルーラ嬢』と呼ばれていた気がする。私と王子はそこまで親しい仲だったろうか。

もしや、名を呼び捨てにしたくなるほど彼の機嫌を損《そこ》ねることをしてしまったとか。

「読みましたけど……」

不安になりおずおずと答えると、今度はミリア嬢が話に割り込んできた。

「エドワード殿下は、ルーラ様のことをなにもご存じないのですね。ルーラ様も恋の話がお好きなはずですわ。ねぇ、ルーラ様？」

「こ、恋の話をルーラがするだと……。だ、誰の話だ？　い、いや。僕のほうがルーラのことはよく知っている。僕は君より先にルーラと知り合っているのだから。さぁ、ルーラ。僕と『アーサーと三人の仲間二巻』の話をしよう」

「あら？　ルーラ様の一番の親友は私ですわよ。私がルーラ様のことを一番知っていますわ」

『親友』という言葉に私は舞い上がった。今まで家族以外とほとんど話したことが無い自分が、そう呼ばれる日がくるとは思っていなかったのだ。

だけど、どうしてだかその時、私にはミリア嬢とエドワード王子の目線の間に激しい火花が見えた気がした。

その次の瞬間に見たエドワード王子の表情は、我が家の没落を暗示するようなものだった。

それは、今まで見たこともない険しい顔。

私はハッとした。

王子は取り巻きから逃れ、静かに過ごすために隠れ家に来ているはず。それなのにミリア嬢という友達ができたと浮かれて騒ぎすぎて、その時間を台無しにしてしまったのに違いない。

エドワード王子の機嫌を損ね、隠れ家での接点が無くなれば、魅了魔法を使うことができず我が家の没落が近づく。

そんなわけで午後の授業の間中、私の頭の中にあったのはお父様とお母様の美しいながらも悲しい顔。そして、買う予定だった本達が没落の二文字と共にずっと浮かんでいたのだった。

＊＊＊＊＊

翌日の昼休み。

私はミリア嬢にこう切りだした。

「ミリア様、エドワード殿下がお越しの時には静かにお話ししましょうか？」

王子が隠れ家で静かに過ごしたいのなら、それが機嫌を損ねない方法だろうと思ったのだ。没落回避のためにできることはしておきたい。

「でも、この学園のモットーは『爵位に関わらず平等に』ですわ。あまり気を使わないほうが殿下の社会勉強になると思いますの。文官長であるお父様も、学園は爵位に関係なく人間関係を学ぶ場だと日頃から言っておられますわ」

「えぇっ！　ミリア様のお父様は文官長の任にある方だったのですか！」

「そうですわ」

大臣とまではいかないが、文官長は重要な役職である。そんな人の娘と簡単に友達になれとお父様はよく言ったものだと、私は密かにため息をついた。

そんな話をしていると、エドワード王子が木々の隙間から入ってきた。

隠れ家に来てくれたことに安心していると、王子は私に真っすぐに歩み寄り、紙の束を差し出した。

「ルーラ。これは『アーサーと旅の仲間三巻』だよ。まだ発売前で、原稿の写しらしいけど。一緒に読もう」

権力を使って手に入れたのだろうか。王子は思っていたより恐ろしい人なのかもしれない。

でも、新刊が先に読めるのはやはり嬉しい。きっと自分はにやけた顔をしてしまっているだろうと思いつつ、私は王子が持つ紙の束に手を伸ばした。

しかし、私の手はそこには届かなかった。

ミリア嬢がカバンから取り出した本をサッと私が伸ばした手の前に差し出したからである。

「ルーラ様。『乙女のお菓子作り』を一緒に見ましょう。聡明なルーラ様にユース様にプレゼントするお菓子のアドバイスをいただきたくて、持ってきましたの」

『アーサーと旅の仲間三巻』の原稿の写しと『乙女のお菓子作り』の二者択一を迫られている私。

どうしてこんな状況になってしまったのか。親友と呼んでくれるミリア嬢と魅了魔法の対象《ターゲット》。

どちらの手を取るべきなのか。

とにかく、この場を収めねば。焦る私に一冊の本の表紙が浮かんだ。

その本の名は、『エスプランドル王国ことわざ辞典』。

『ことわざ・その六。「一人の魔法使いより三人の魔法使い」。

普通の能力の者でも、三人集まれば、素晴らしい能力を発揮することができるという意味を持つ。

その昔、魔法が衰えつつあった時代のこと。ある時、エスプランドル王国は、異国より侵略を受けた。その頃、王国には、北、東、西に住む三人の魔法使いしか残っていなかった。

王は侵略を防ごうと北の魔法使い一人を呼んだ。すると彼は言った。

「東と西の魔法使いを呼んでください。一人より三人のほうが、知恵も魔法もより良いものになるでしょう」

「一人の魔力が弱い魔法使いも、三人集まれば強力な魔法使いとなる」

これが、このことわざの由来である』

しまった。ここは、エドワード王子かミリア嬢をきっぱり選んだほうが良かったのかもしれない。

そう思っていると、二人はなぜだか熱い視線を私に向けた。

「ルーラ。僕が悪かった。昼休みに君を独占しようなんて思ってしまった。その上、ミリア嬢に張り合って許可も得ず、ルーラと呼んでしまった。自分が恥ずかしいよ。でも、できればこれからも名前で呼ばせてもらえれば……」

「ルーラ様。さすがですわ。親友をとられたくないという私の嫉妬心を見事にお収めになるなんて」

よくはわからないが、なんとか事態は収まったようだと、私は胸をなでおろした。

すると、エドワード王子は何かに気付いたようにハッとした顔をした。

「そうか。『アーサーと三人の仲間三巻』には、お菓子を食べる場面が多く出てくると聞く。ミリア嬢が持っているのはお菓子作りの本。つまり、ルーラは小説に出てくるお菓子のレシピをミリア嬢の本で探そうと言うんだね。うん。これは、一人よりも三人で探したほうが、はかどりそうだ」

「私の持ってきた本だけでは、見いだせない楽しみ方ですわ。まさに、三人いなくてはできないことですわ。お菓子のレシピなら私もお力になれそうですわ」

「よし。では、僕は原稿の写しからお菓子が出てくる場面を探そう。二人はお菓子の本でそのレシピを探して」

なんだか二人は楽しそうだ。しかし、ひとつ疑問が残っている。

ミリア嬢の言う嫉妬心とやらは、なんとなく理解できる。でも、王子が私を『ルーラ』と呼んだ理由がいまいちわからないのだ。

ただ、はっきりとしているのは私とエドワード王子、ミリア嬢がより親しくなったこと。これは、小説によく出てくる友情が深まったというやつに違いない。

「あっ、確か三巻には、大きなホットケーキが出てくるという噂があります。殿下、ホットケーキが登場するか探してください」

つまりはエドワード王子との関係も変わらず、即没落とはならないということ。私はほっとした気持ちで二人の会話の中へ入っていった。

第七話　地味令嬢、王子を助ける

「今日のお茶会でも、北の城門の幽霊の話がでたわ」

夕食時、お母様が優雅に鶏もも肉のコンフィを切りながら言った。

ユース様が騎士団の入団試験を辞退して以来、我が家の食卓は平常通りへと戻り、没落まではまだ猶予があるとお母様は控えていたお茶会へ行き始めた。

近頃、貴族、平民に関係なく、王都に住む人々は北の城門に出る幽霊の話で持ち切りだそうだ。

ここ王都は城壁に囲まれており、東西南北で四つの門がある。

中心部から遠いため、北の城門を通る人は少なく、周辺はひと気がない地域として知られている。

その北の城門に週に二度、白いワンピースを着た女の幽霊が出るというのだ。

その幽霊については、こんな昔話があるそうだ。

『昔々のこと。週に二度、北の城門の夜間警備を担当する恋人の騎士へアップルパイを差し入れとして届ける女がいた。彼女は、城門近くのスイーツ店でいつもアップルパイを買っていた。

しかし、彼女は恋人との結婚式の三日前に盗賊に殺されてしまった。

女は成仏できず、幽霊となっても週に二度、北の城門へアップルパイを届けるためにスイーツ店を訪れるという』

実際に北の城門近くにはスイーツ店があり、毎晩、幽霊のためにアップルパイを外に置いておくのだそうだ。

こう見えて私は、幽霊の類《たぐい》の話が大嫌いだ。この話を聞いて北の城門には絶対に行くまいと心に決めている。そもそも、外に出ることはほとんど無いのだけれど。

「今日のお茶会の主催者、デガン公爵夫人にお土産をいただいたの。幽霊が訪れるというスイーツ店のアップルパイよ。今日のデザートに切るように料理長へ言っておいたから、楽しみだわ」

お母様は可愛らしい微笑みを浮かべた。

食事を終えたアランは、お母様の横でアップルパイが運ばれてくるのを待ち遠しそうにしている。

「それは楽しみです。しかし、ひと気のない北の城門近く。しかも、幽霊が来るスイーツ店だなんて、よく潰れませんね」

「そのお店はとても人気らしいの。幽霊を見に行ってその店に立ち寄るのが、最近の流行《はや》りらしいわ」

「そういえば今日、団長が北の城門の警備を増員する計画を話していたよ。鍛錬の日々を送る私には関係がない話だけどね」

ワイングラスを片手に持つお父様は、そのまま絵のモデルになりそうな姿である。

「警備を強化？　何のために？」

「毎晩、幽霊目当てに多くの人が北の城門付近に押し寄せているらしく、スリなど治安の悪化を懸《け》念《ねん》しているらしい。その前に一度、幽霊を調査すると言っていたな」

「幽霊の調査ですか……」

本物の幽霊に遭遇でもしたら、気を失ってしまうかもしれない。私は背筋に冷たいものが走るのを感じた。

すると、お父様がもっと背筋が寒くなることを言った。

「そうだ！　北の城門に行って幽霊を騎士団より先に調査しよう。幽霊は誰かのいたずらだという意見も騎士団内にはある。頭がいい我が娘、ルーラなら、現場を見れば幽霊が偽物《にせもの》かどうかわかるに違いない」

「お父様。わ、私も一緒に行くのですか？」

「心配は無用。幽霊がルーラに危害を加えようとしても私がルーラを守る。最近は鍛錬を積んでいるからね。もし、幽霊が偽物なら、騎士団より先に捕まえればいい。フフフフ、もうわかっただろう？　幽霊騒ぎを解決すれば団長に手柄が認められて、没落を免れることができるという計画さ」

自分の計画に満足したのか、お父様はうっとりとした顔でワインを口に含んだ。

「ぼ、没落は回避したいですが、ゆ、幽霊なんて無理ですよ」

ちょうど、私の前にアップルパイが置かれたが、怖くてデザートどころではない。

「そんなこと言わないでお父様に協力してちょうだい。ルーラ、あなたにディライト家がかかっているのよ。お願いよ」

お母様は美しい青い目を悲しげに翳らせて、今にも泣きだしそうな声を出す。

「……はい。できるだけやってみます」

「よし！　明日早速、行ってみよう！」

嬉しそうなお父様の声に私はハッとした。やっぱり私は、お母様のこの顔に弱いようだ。

＊＊＊＊＊

「ふぅ……」

翌日の昼休み。

隠れ家で、エドワード王子は大きなため息をついた。

ミリア嬢が心配そうな顔をした。エドワード王子とミリア嬢はすっかり打ち解けている。

「あら、殿下。どうされたのですか?」

「実は、父上から北の城門の幽霊騒ぎを収めるようにと指示されて困っているんだ。いずれ王位を継ぐのだから、そろそろ指揮をとって騒動を収めてみせろとの仰《おお》せでね」

「お父様から近々、幽霊の調査が行われると聞きました。その調査を殿下が指揮するのですね。幽霊の話が広まって、たくさんの人が深夜に集まるので城では治安の心配をしているそうですわね」

さすが文官長の娘だけあって、ミリア嬢はこういった話をよく知っている。

「その通りだよ。父上は幽霊が偽物だと疑っておられる。どう調べるのが良いかずっと考えているのだけど、いい考えが浮かばない」

国王からの直々の命令なら唯一の王子とはいえ、なんとしても成果を上げねばならないだろう。

私達が先に幽霊の正体を突き止めたとすると、幽霊騒ぎの調査の指揮をとる王子の手柄を横取りしたことになりはしないだろうか。

そんなことをしたら、怒った王子に逆に没落させられてしまうかもしれない。帰ったら、お父様に相談しようと私は考えていた。

「ルーラ様、先ほどから黙ってどうされたのですか？」

「きっとルーラは幽霊の正体について考えているに違いない。ここはそっとしておこう」

「そうですね。聡明なルーラ様ですから、殿下にアドバイスをしようと考えておられるのですね」

二人の会話は耳には入らず、私はここで即没落となるわけにはいかないという焦りと幽霊が怖い気持ちでいっぱいだった。

＊＊＊＊＊

その日の夕方、北の城門付近はたくさんの人で賑《にぎ》わっていた。

学園から帰宅した私は、仕事を早退してきたお父様に北の城門近くに連れてこられたのである。

「殿下の手柄を横取りするようなことをすると、没落が早まるかもしれません」と、お父様に伝えた。

でも、お父様は「誰よりも先に幽霊の正体を暴けば、手間が省けたと殿下よりお褒めの言葉をいただけるはずさ。そうすれば、騎士に復帰できるに違いない」と、聞く耳を持たなかったのだった。

「話に聞くようなひと気の無い場所とは、全く違いますよね」

「少し前までは昼間でも人通りはほとんどなかったはずだよ。幽霊の噂が広がって、昼夜問わず賑わうようになったらしい」

城門へと延びる道の脇には、屋台も出ていてまるでお祭りのような雰囲気だ。

「あれが、アップルパイを売っているスイーツ店だよ。近くまで行ってみよう」

お父様の目線の先には真っ白い壁に赤い屋根の可愛らしい建物があり、夕方だというのに行列ができている。

昔話があるくらいだから古めかしい店を想像していたが、壁も真っ白だし建物は新しそうだ。幽霊騒ぎで繁盛して建て直しでもしたのだろうか。

「しかし、こんな騒々しいところに幽霊は出るのでしょうか？」

「週に二度、辺りが暗くなると城壁の上にランプを持って幽霊が数分立っているそうだ。人が集まってくると、すっと姿を消すらしい。出る曜日は決まっていないから、とりあえず皆、来てみるのだろうね」

「城壁の上ですか。てっきり、スイーツ店の前に姿を現すのだと。まぁ、こんなに通りに人がいれば、幽霊もスイーツ店には通えませんよね」

店が近づくにつれ、人が多くなってきてなんだか歩きにくい。どうも、人々は私達の周りに集まってきているようだ。

お父様も気が付いたようで、小声で私に耳打ちした。

「フフフフ。私もまだまだ捨てたものじゃないな。ただ、密かに調べたいのに人が集まりすぎるのはまずいな。ここで調査は止めにしよう」

これで幽霊とは関わらずに済む。ほっとしつつ見ると周囲は女性ばかり。お父様に惹きつけられたご婦人方なのだろう。

「まぁ。あの方、緑色の美丈夫よ」

「あの方が警備担当なら、私、毎日ここへ通うわ」

「緑色の美丈夫はきっとアップルパイがお好きなのね。私もたくさん買うわ」

聞こえてくるこんな声にお父様は振り向きもしない。爽《さわ》やかな笑顔を浮かべたまま、女性達の間をすり抜けていく。さすが、慣れたものだ。

中には自分が買ったアップルパイの箱をお父様に手渡す人もいる。気が付けばお父様は、アップルパイを数個抱えていた。

歩くうちにふと、私の耳にこんな言葉が聞こえてきた。

「緑色の美丈夫の横にいらっしゃる方は、どなたかしら？　随分と地味な方ね」

私は慌てて下を向いて、お父様に隠れるように帰りの馬車が待つ場所へと歩いた。

＊＊＊＊＊

翌日、私とエドワード王子は二人だけで昼休みを隠れ家で過ごしていた。

ミリア嬢はクラスの係の仕事があって、今日は来られないそうだ。

久しぶりの二人きりの時間。なんとなく会話に困って、私は北の城門に行ったことを話題にしてみた。

もちろん、幽霊の調査をするつもりだったことは王子には秘密である。

「えっ？　ルーラも昨日、北の城門に行ったの？」

「はい」

私は小さな声で返事をした。

私は自分が地味令嬢なのだと昨日、改めて自覚した。

久しぶりに二人きりになってみると、エドワード王子の薄い青色の目はとても綺麗で。

彼とは不釣り合いな自分を意識してしまい、小さな声しか出せなかったのだ。

「どうしたの？　今日は元気がないね」

　エドワード王子が心配そうに私の顔を覗き込む。

「だ、大丈夫です。昨日、久しぶりに外へ出たので疲れているだけです」

　王子を心配させてはいけない。私は普段通りにせねばと気を取り直した。

「ならいいけど。幽霊の件でルーラにアドバイスをして欲しいな。アップルパイを買いに行って、何か気が付いたことはあった？」

「スイーツ店が思ったより新しく見えたことくらいですね」

「僕はそのスイーツ店の話を聞いてきたよ。ある騎士の従兄弟《いとこ》が三年ほど前に開いた店らしい。その騎士は、北の城門の警備を担当していてね。忙しそうな店主に代わり、彼に話を聞いたんだ。辺《へん》鄙《ぴ》な場所だから、すぐに潰れるのではないかと最初は心配していたらしいよ」

　あの店は建て直したのではなく、見た目のまま新しい店なのだ。ともすれば、何かおかしい。

　でも、幽霊は幽霊。だってあんな高い所に登れるのだ。

「そうなのですね。城壁は行かれましたか？　幽霊はスイーツ店ではなくて、城壁の上に現れると聞いたのですが」

「行ったよ。でも、何もなかった」

「城壁の上だなんて、やっぱり幽霊だからあんな高い所まで行けるのでしょうか？　幽霊は軽そうですし、ふわりと飛べそうですから」

「城壁には登れるよ。警備を担当する騎士だけが登ることができるんだ。城門の横に細い階段がある。戦時には、城壁の上から見張りをすることも、攻撃をすることもあるからね。てっきり、ルーラは知っていると思っていたな」

そうだった。城壁には登れるということを私は忘れていた。

いや、幽霊だから階段など上らないと思い込んでいたのかもしれない。

新しい店に階段を上る幽霊。私は幽霊騒ぎのからくりが解けた気がした。

「私、わかった気がします」

私は『人気のお店を作る方法』という本の表紙を頭に思い浮かべた。

『人通りが少ない場所に店を作る際には、場所が悪くてもその店を訪れたいと思わせるその店だけの特徴を作ることが必要だ。

変わったテーマの店を作るのも良い。その店でしか食べられないものを提供するのも良いだろう。

成功例としては、妖精の格好をした女性が接客する店、昔話や物語に出てくるメニューを出す店がある』

「そして、もう一冊」

次に私は、『観光産業で儲ける方法』という本の表紙を思い浮かべた。

『観光地は、作れるものだ。

過去にアマンダ王国の王都郊外の泉で「泉に恋人同士でコインを投げれば身分差があっても、家族に反対されず結婚できる」という噂が広がった。

　元々、身分差のあった一組のカップルが、結婚式の際にデートでその泉に行ったと話したことが発端《ほったん》だったとされる。その泉には恋人達が押し寄せ、今やアマンダ王国の一大観光地となっている。

　つまり、こういった方法で観光地は作れるのである』

　エドワード王子は私の暗唱を聞いて考え込んでいる様子だ。

「今、暗唱した本の二つの方法を組み合わせたのだと思うのです」

「アップルパイにまつわる話を誰かが作って、広めた。そして、誰かが幽霊の格好をして客寄せをしているということ？」

「ええ。幽霊の話は昔々と言っていますが、スイーツ店は三年ほど前にできたのですよね？　幽霊がアップルパイを買いに来るという話をスイーツ店が作り、じわじわと広がったのだとしたら……」

「なるほど。やっぱり君は凄《すご》いな」

　エドワード王子から妙に熱い視線を感じて私は一瞬、ドキリとした。幽霊騒ぎが解決しかかって興奮していると私は解釈した。

「では、幽霊の件もお話しします。スイーツ店の店主は城門の警備を担当する騎士の従兄弟。彼なら、城壁に登れますよね？　従兄弟の騎士が協力して幽霊を演じているのでは？」

　ガサガサガサッ。私の言葉が終わると同時に急に強い風が吹いて周囲の木々が揺れた。

「さすが、僕のルーラだ」

王子の呟きは木々の音でかき消された。だから、私にはその言葉は聞き取れなかった。

＊＊＊＊＊

その日、ディライト家は今までにないほどの緊張した夜を迎えた。

夕食が済んだ頃、突然エドワード王子が「北の城門の幽霊騒ぎの件で話がある」と、私を訪ねてきたからだ。

お父様は笑顔で挨拶をしたものの、心なしか声が震えていた。

私が言った「王子の手柄を横取りするようなことをすると、没落が早まるかもしれない」という言葉が心によぎっていたのではないかと思う。

お父様は挨拶の後、そそくさと退室。エドワード王子と私は応接室に二人きりとなった。

「ルーラ、ありがとう。君のお陰だよ。一番に報告したくて来てしまった」

王子は輝くような笑顔を見せた。それは、今まで見た王子の笑顔の中でとびきりのもの。

途端に、私は自分の頬が熱くなるのを感じた。お父様とアランで慣れているはずなのにどうして……。

不自然だと思いつつも、私は赤らんだ頬を隠すために下を向いた。

「い、一体、どうされたのですか？」

「スイーツ店の店主とその従兄弟の騎士を問い詰めたんだ。幽霊の話は二人が作った話だった。幽霊を演じていたのは、ルーラの推理通り騎士だったよ。週に二度しか幽霊が現れないわけだ。城門の警備を担当する騎士は週に二度、交代で夜の警備をしているんだ」

「思った通りだったのですね」

「本当にありがとう。これで、父上に胸を張って報告ができるよ」

エドワード王子は私にまた輝く笑顔を向けると、城へと帰って行った。

＊＊＊＊＊

「ルーラ、よくやった！」

王子の馬車を一緒に見送ったお父様が突然、叫んだ。

「えっ？　どうされたのですか？　幽霊騒ぎは解決しましたが、お父様は騎士に復帰できませんよ。殿下のお手柄なんですから」

そう言った私にお父様は、王子に負けないくらいの美しい笑顔を見せた。

「遂に魅了魔法を使ったんだね。殿下がわざわざお越しになられ、笑顔で帰って行かれた。それ以外ないはずさ。でも、すぐに帰ってしまわれたのは、まだ、魔法が完全じゃないということかな？」

「はぁっ……？　私、魅了は使っていませんけど」

＊＊＊＊＊

その後、スイーツ店は人々に嘘の情報を広め、幽霊を演じることで混乱を招いたとして、罰金を課せられることとなった。

また、幽霊に扮していた騎士の他に数人の騎士が彼に協力していたことがわかった。彼らは全員、謹慎処分となった。

しばらく経って、スイーツ店は未だに人気のようだとお母様から聞いた。

なんでも、今度は『緑色の美丈夫』と『エドワード王子』が訪れた店として、女性達の間で人気となっているらしい。

第八話　弟アラン、ディライト家の没落危機を救う？　その一

北の城門の幽霊の件から数日後のある夜のこと。

この数日間、お父様は何度私が違うと言っても、「遂にルーラが魅了を使えるようになった。エドワード殿下から、いつ婚約の打診があるかな。私の騎士復帰も近いぞ」と、ウキウキしている。

私だって没落は避けたい。でも、王子と親しくなってきたのはいいが、未だに魔力が発動しない。

ご機嫌なお父様の様子になんとなく気まずくなってきて、私は夕食を早々に切り上げ、自室で本を読むことにした。

＊＊＊＊＊

机に向かって本を読んでいると、アランが私の部屋のドアを叩いた。

私はドアを開け、アランを部屋へと招き入れた。

アランは、何か言いたそうにもじもじとしている。

「どうしたの？　何かあったの？」

「お姉様、何を話したら女の子が笑顔になるか教えてください」

顔を赤らめながら、アランは言った。

「わ、私にそんなことを……」

黒髪に一重の黒い目の地味な私とは違い、お母様ゆずりの金髪と青い目を持っているアラン。まだ十歳でありながら、エスプランドル王国でも有名な美少年だ。

そんなアランが、屋敷からほとんど出ることの無い私に女の子との会話について尋ねるなんて……。

「実は、お父様とお母様に同じ質問をしたのです。でも、『恋を成就させたいのなら、相手を笑顔にするような話をするより、何も話さないことが一番良い方法だ。何も話さず、じっと相手を見つめれば、相手から好きと言ってもらえて、相手に何でも言うことを聞いてもらえる』と言うのです」

「……」

私は言葉が出なかった。どうやら二人はアランにディライト家の成り上がりテクニックを教えてしまったようだ。

確かにお父様は、テクニックを駆使し集めた国王の妹君を含む女性達からの人気で、約二十年も騎士を務めてきた。お母様は社交界での情報収集にそのテクニックを生かしている。

でも、十歳のアランにはそんなテクニックはまだ早すぎる。

「わ、わかったわ。私がアドバイスしましょう。一体、どこで出会った女の子なの？」

学園入学前のアランは、家庭教師について教養や基礎的な学問、剣術を学んでいる。

家族ぐるみで仲がいい貴族同士なら、その子ども達も親のお茶会や食事会に同席をして交流を持つことがある。

そういった場合を除いて、子ども同士の交流が本格的に始まるのは十五歳で学園に入学してからとなる。

この国の貴族の間では幼い頃に婚約者を決めてしまう場合もあるが、おおよそ学園に入学してから卒業する頃、十五歳から十七歳までに婚約者を決めることが多い。

貴族の中には学園で出会って結婚したという夫婦も多いから、身分さえ合えば、恋愛結婚に寛容なお国柄だといえるかもしれない。

まだ学園に通っていない十歳のアランには、貴族の令嬢との出会いの場は無いはずだ。

それに、アランには容姿で成り上がる『ディライト家の希望』として、良い家柄の令嬢と婚約させるべく親族総出で相手を探す予定らしい。アランに近づく令嬢がいれば、お母様も知っていて、何かもう手を打っているはずである。

「はい。その女の子はここ最近、お母様が通っているドレス店で働いているのです」

お母様はその店へアランを伴って度々訪れているそうだ。「将来、女性のドレスを上手に褒めるには、今からいろいろなドレスを見ておかないと」と、お母様は言っているらしい。

女の子はソフィアちゃんという。アランと同じ十歳。貴族相手のドレス店で、来店した客にお茶を出す仕事をしているそうだ。

平民の貧しい家の子どもなら、十歳あたりから奉公に出て住み込みで働き始めることもある。

将来ドレスを作りたいと話していたらしいから、ソフィアちゃんはお店の仕事に就く前なのだろう。

お母様とデザイナーの女性が話している間に、ソフィアちゃんとアランはいつも二人で話すそう。

どうやら、お母様はアランが一人でお茶を飲んで待っていると思っているようだ。

アラン曰く、ソフィアちゃんと話す時間は楽しくて、あっという間に時間が過ぎるらしい。

恋愛小説を読んだだけの私でもわかる。間違いない。アランはソフィアちゃんに恋をしている。

経験値ゼロの私が本当にアランの相談に乗れるのだろうか。不安になるが、ここは姉として可愛い弟を助けねばならない。

「それで今日、ソフィアちゃんは笑ってくれなかったということなの？」

「はい。話の途中で笑ってくれなくなりました。店を出る際も、見送りに出てきてくれなかったのです。僕の話がつまらなかったのだと思います」

アランは綺麗な青い目を悲しげにパチパチとした。アランがこういう顔をすると、私はアランをギューッと抱きしめたくなってしまう。

でも、今日はかなり難易度の高い相談のため、その余裕はない。

「何を話したの？」

「お姉様の話をしました。お姉様はいつも本を読んでいて、たくさんの本の内容を暗記していると……」

「うーん。確かに女の子の気をひくような話ではないかも」

もしかして、地味な小姑《こじゅうとめ》がいることに気が付き、アランが嫌になったのか……。

「花の話もしました。その時、大人になったら黄色い薔薇をソフィアちゃんへ贈ると伝えました。今日のソフィアちゃんのワンピースは黄色で、よく似合っていたので。お父様が女性は薔薇の花を贈られるのが好きだと前にお話ししていたのですが」

お父様、余計なことをアランに教えましたね……。私は、小さくため息をついた。

「アラン。これは、大人になった時のためにおぼえておいたほうがいいかもしれない。花には、花言葉と言って意味があるのよ」

私はそう言うと、『花言葉辞典』の表紙を思い浮かべて、一息に言った。

『花言葉に注意するべき花がいくつかある。

まずは黄色い薔薇。薔薇と聞けば、愛にまつわる花言葉を思い浮かべるが、色によって花言葉が違うので注意が必要だ。

赤い薔薇は「愛」や「あなたを愛しています」だが、黄色い薔薇は「愛情の薄れ」という花言葉がある』

アランの青い目が大きく見開かれた。

「愛情の薄れ。そんな……」

「ソフィアちゃんは黄色い薔薇の花言葉を知っていて、自分に贈られるのは黄色い薔薇だと悲しくなってしまったのかもしれないわね」

「それなら僕は、ソフィアちゃんに赤い薔薇をあげたいです。お姉様、僕はどうすれば。僕は、まだ薔薇の花束をソフィアちゃんに渡すことはできません」

なんとかしてあげたい。だけど、アランの年だと一人で薔薇の花束を買いに行くことも、渡すことも難しい。

それに、お母様や親族に知られたら、平民のソフィアちゃんはアランに相応《ふさわ》しくないと仲を引き裂こうと画策されるかもしれない。

その時、私の頭に一冊の本が浮かんだ。

いいことを思い付いたと、私は机の上に置いてあったしおりをアランに渡した。

「じゃあ、今度、そのお店へ行った時にソフィアちゃんにこれをこっそり渡すのはどうかしら?」

「これは?」

「アランも、つい最近読んだはずよ。『アーサーと三人の仲間三巻』に出てきたしおりを真似して作ってみたの。覚えていないかしら?」

このしおりは、『アーサーと三人の仲間』が好きなエドワード王子にプレゼントしたら喜ぶかと思い作ったもの。

きょとんとした顔をしているアランのために、私は『アーサーと三人の仲間三巻』の文章を暗唱した。

『アーサーは、リリアンにしおりを渡した。それは、乾燥させた赤い薔薇の花びらを貼り付けたものだった。

「すべて解決したら、今度は、本物の赤い薔薇を持って君を迎えにくる。本を読む度にこのしおりを見て、僕を思い出して欲しい」

アーサーは、リリアンの目を真っ直ぐに見つめて言った』

アランは思い出したというように、しおりをまじまじと見た。

しおりには書かれてある通り、乾燥させた赤い薔薇の花びらが貼り付けてある。

「思い出しました。確かに本に出てきたとおりのしおりですね」

「アーサーと同じようにこれを薔薇の花束の代わりに渡してみたらどうかしら？　これはアランにあげるわ」

アランの顔はたちまち明るくなり、天使のような笑顔が浮かぶ。

「ソフィアちゃんに渡します。やっぱり、お姉様は凄いです。相談してよかったです」

こんな私でも役に立ててよかった。全ては本のお陰である。

恋愛小説は苦手だが、こういった時のためにも読んでおく必要がありそうだ。

数日後。お母様に連れられてドレス店へ行ったアランは、小説のように「大きくなったら、薔薇の花びらではなくて本物の赤い薔薇をソフィアちゃんにあげる」と、こっそりとしおりをソフィアちゃんに渡した。

ソフィアちゃんは、頬を赤く染めて嬉しそうに微笑んでくれたそうだ。

＊＊＊＊＊

さらに数日後の夕食時、お父様とお母様はこんな会話をしていた。

「君がよく行っているドレスのお店は、騎士団長のカール様の長女、ローレン様がデザイナーみたいだね」

「あら、そうですの？　フラン商会の関係のお店だと聞いていましたわ。確かにデザイナーの方はローレンさんというお名前ですが、カール様は公爵の爵位を持つお方。そんな方の長女が、商家に嫁いだのですか？」

「フラン商会の長男とローレン様は恋仲になって駆け落ちしたらしい。どちらの家も結婚を認めなかったからだとか。その後は行方知れずになっていたそうだ」

お父様の話では、一年ほど前にある地方を騎士団の仕事で訪れたカール団長が、偶然一軒の服屋へと立ち寄った。

その店を営んでいたのがローレン様と夫。二人の間の子ども、つまりカール団長の孫娘もそこにいたそうだ。

孫可愛さに何度も会いに行くうちに、カール団長は二人を許したのだという。

その後、カール団長の口添えで夫は実家であるフラン商会と和解。三人は王都へと戻ってきて、フラン商会の援助でドレス店を開いたそうだ。

ローレン様は地方でドレスのデザインを独学で学んだそう。店を開いて半年ほどたった今では、そのデザインが評判となって人気店の一つとなっている。

十歳となる孫娘も、母親であるローレン様のようにドレスを作るのが夢で平民の学校に通いながら店の手伝いをしているらしい。

「団長は孫が可愛いらしく、頻繁に会いに行っているそうだ。数日前にその孫娘が『将来、赤い薔薇の花を貰う約束をした男の子がいる』と嬉しそうに話していたらしい。その男の子から薔薇のしおりを貰《もら》ったとか」

咄嗟に私とアランは目を合わせた。

薔薇のしおりなんて、そうそう貰うものではない。ソフィアちゃんは騎士団長の孫娘に違いない。

「まぁ。もう赤い薔薇を貰う約束だなんて。店先にたまにいる女の子がお孫さんだと思います。そんなませたことをするなんて、お孫さんより少し年上の男の子でしょうか？」

「団長は、どこの家の息子に唾《つば》をつけられたのだと心配しておられた。その約束をした男の子を探していそうだよ。君はあの店の常連だから、何か情報があれば教えて欲しい」

「わかりましたわ。今のところ、心当たりはありませんけど」

ディライト家の没落回避のために団長の孫娘であるソフィアちゃんとアランが婚約するという手段は、使えるかもしれない。

でも、アランが抱いているのは純粋な恋心。私はまだそれを知らないけれど……。姉としては、アランの初恋をもっと育ててあげたい。

なんとしてでも、魅了魔法をエドワード王子に使わなくては。私はそう決意して、アランに余計なことを言わないように目配せをした。

第九話　地味令嬢、婚約破棄を阻止する

お父様は、まだ私が魅了魔法を使えるようになったと信じている。鍛錬に励みながらも、没落回避まであと少しだと、毎日機嫌がいい。

そんなお父様は先日、緑色の目をキラキラとさせて、こんな話をしてきた。

「聞いておくれ、ルーラ。騎士団副団長の令息、リチャード様が正式な婚約直前で破談になったらしいぞ」

「はぁ。そうですか」

お父様は婚約やら婚約破棄だという話は、私には興味がないと知っているはず。それなのにこんな話を持ち出すとは。

勘ぐっていると、その理由がすぐにわかった。

「彼は新たに婚約者を探しているらしい。なんと、ルーラに打診があったのさ。当然、断ったよ。うちの娘はもうすぐ婚約しますからとね。そろそろ魅了魔法でルーラの虜になった殿下が、我が家に婚約の申し込みにみえる頃かな？」

どうやらこれが言いたかったらしい。焦った私は、話を逸らすことにした。

「と、ところで、その方はなぜ婚約直前に破談となったのですか?」

お父様はあっさりと誘導に乗った。

「いやぁ。驚いたよ。息子の相手は美人の令嬢だと散々自慢していたのに。婚約するはずだったドーム男爵家の令嬢と親、両方が強欲だったと言うのだから」

「強欲?」

「リチャード様はもう二十二歳。婚約者を見つけるにしては遅い。内気なこともあって、なかなか話がまとまらなかったらしい。ところが、三か月前にドーム家の令嬢から告白された。大喜びして正式に婚約をと両親に挨拶に行った途端、法外な婚約支度金を要求されたそうだ」

「婚約支度金? 初めて聞きました」

「要は娘と結婚したければ、金を出せということだよ。それだけじゃないぞ。好きだ、愛していると言われてリチャード様は舞い上がった。愛の証拠が欲しいと言う令嬢にたくさんの宝石やアクセサリーを渡していた。それを知った副団長が、そんな強欲な家とは親族になるのはまっぴらだと怒って、破談さ」

お父様は大げさに首をすくめた。

こんな姿も絵になるのだから、本当に『緑色の美丈夫』という別名がぴったりである。

「当然、貢いだ物は返ってこない訳ですよね?」

「返ってくる訳がない。大事《おおごと》になると、リチャード様の次の婚約者探しにも関わるから、宝石類は諦めるそうだ」

「なんだか詐欺みたいな話ですね。婚約を匂わせて宝石を奪う。宝石を手に入れたから、破談承知で法外な婚約支度金を請求したのでは？　恋に溺れたリチャード様にも責任はあるのかもしれませんが」

「うん。その可能性はある。そこでだ。やっぱり顔より中身。リチャード様はそう言いだした。美人はこりごりだから地味でも中身が良い令嬢を求めているらしい」

それで、次は私というわけだ。地味だけど中身は良い。褒められているのか、けなされているのか。なんとも複雑である。

「この件は他言しないように。副団長から家の恥だからくれぐれも内密にと言われているのさ。婚約成立前のことで、公《おおやけ》になっていないしね。あぁ。それにしても、殿下はいつ我が家にみえるかな」

結局、話は元に戻り、私は自室へと退散したのだった。

＊＊＊＊＊

それから数日後。

いつも通り、昼休みに隠れ家でエドワード王子、ミリア嬢、そして私の三人で過ごしていた時のことだ。

期末試験が終わり、学園にはもうすぐ夏休みだという解放感が漂っていた。

だが、ミリア嬢の一言で私の解放感は失われた。

「ルーラ様。パーティには一緒に行きましょうね」

すっかり忘れていた。

王立高等学園では七月の夏休み前と三月の学年末に貴族社会のマナーと教養の実技学習ということで、午後から夕方まで学園主催のパーティが開かれるのだ。

「わ、私は、そういう華やかな場所は苦手で……。欠席しようかなと思っています」

そもそも、行くつもりがないから忘れていたのだ。ドレスなどを着て、またひそひそと言われたくもない。

すると、ミリア嬢はがっくりと肩を落とした。

「たくさんお話ができると、楽しみにしておりましたのに。もしや、エスコートのご心配ですか？　学園のパーティは、エスコートなしでもいい気軽なもの。ユース様は卒業しているので、私だって一人ですわ。ご心配は無用です」

「今回のパーティでは、なんと王家のシェフが特別に料理を振る舞う。立食だが、かなり豪華なものだよ。僕のリクエストで『アーサーと三人の仲間』に出てくる料理もビュッフェ台に並ぶ。絶対に参加したほうがいい」

ミリア嬢はともかく、エドワード王子が必死に私を説得する様子なのはなぜだろう。

「は、はぁ……」

あからさまに気が進まない顔をしてみるが、二人はグイッと私に迫る。

「私と一緒にパーティに行きましょう。ルーラ様！」

「気が進まなければ、僕がエスコートしよう！」

同時に二人が言ったせいで、どちらが何を言ったのかがわからない。でも、二人の鬼気迫る様子に、とにかく参加した方がよさそうだと私は判断した。

「わかりました。ミリア様と一緒に行きます」

ミリア嬢は「はい」と嬉しそうに頷いたが、エドワード王子がなんとなくがっかりした様子だったのは気のせいだろうか。

こうして、私は二人に押し切られて学園主催のパーティに参加することとなったのである。

パーティに行くと伝えてから、当日までのお母様の気迫はすさまじかった。

「ルーラの初めてのパーティよ。私に任せて頂戴」。そう言って、化粧の本を何冊も買い熱心に読んでいた。

ドレス店では何着も試着させられた上にお母様があれこれ注文をつけた。どんなドレスを自分が着るのか私には見当もつかないほどだった。

一つ気になったのは、お母様が我が家の書庫から古い一冊の覚え書きを出して、熱心に読んでいたことだ。

それは、東の大陸から嫁いできたエキゾチックな美人だったと言われる曾おばあ様の残した化粧品やドレスの注文について覚え書きだった。

＊＊＊＊＊

そしてやってきたパーティ当日。

「ウフフフ……。ルーラ、とっても綺麗だわ」

お母様は、ドレスを着た私を見て満足そうに微笑んだ。

ドレスを着てみて、お母様が注文したドレスが私の体にぴったりと合った薄い紫色のマーメイドドレスだというのはわかった。

「さあ、鏡を見てごらんなさい」

お母様は、鏡を見ようともせずに立ち上がった私に手鏡を差し出した。

化粧してドレスを着たからといって、何も変わらない。地味な私は地味なままに違いない。

私は手鏡を手に取らず、出発した。

＊＊＊＊＊

「……」


ミリア嬢とパーティ会場に入ってすぐのこと。

取り巻きに囲まれていたエドワード王子は、一瞬目が合った私に言葉をかけず目を逸らした。

ドレスを着ても地味な私と知り合いだと、王子は他の生徒達に知られたくないのかもしれない。

鏡を見ていたら、こうなる心の準備ができたのにと、私はお母様の差し出した手鏡を見なかったことを後悔した。

元々、昼休みには隠れ家で話すものの、クラスで王子が私に話しかけることはない。

悲しいような寂しいような。何とも言えない気持ちでいると、横で会場を見渡していたミリア嬢がまじまじと私を見つめた。

その目が何となく熱を帯びている気がするのは、会場の熱気のせいだろうか。

「こうして会場で見ると、今日のドレスはルーラ様の細身のスタイルをより引き立たせていて素晴らしいです。お化粧も、ドレスにぴったり。エキゾチックで色気がありますわ」

一緒に会場に来たミリア嬢は小柄な体に良く似合うふわりとしたピンクのドレスを着ている。

ピンクが似合うミリア嬢が羨ましい。私はなんだか恥ずかしくなってうつむいた。

「あ、ありがとうございます。でも、そんなことは……」

パーティと言っても、私達がすることは隠れ家と同じ。二人でおしゃべりをすることだけである。

ただ、場所がダンスフロアの壁際になっただけ。

今日のパーティは、教師から教養やマナーを学ぶ場なのだからと、フロアで一回は男子生徒とダンスを踊るようにと指示が出ている。

名を呼ばれフロアで踊る時間もある。体育の授業のような感じだ。だが、そんな呼び出しに応じる生徒はほぼいない。フロアにいる大半の生徒は恋人同士もしくは婚約者同士ばかりだ。

ミリア嬢の婚約者であるユース様は卒業しているし、私にダンスの相手などいるわけもない。二人でいてもいわゆる壁の花の状態に近いと言える。

ふと、私は本格的に壁の花になっている女生徒に気付いた。

「ミリア様。あの方、先ほどから一人ですね」

「私と同じクラスのアンジェラ・ロドリス侯爵令嬢ですわ。お父様は裁判官。エヴァン・ソーサ公爵令息と婚約されているはずですが、一緒ではないようですね」

「お父様が裁判官ですか。そんな家だとルールに厳しくて、大変そうですね」

「アンジェラ様ご自身も、ルールに厳しい方ですわ。二年生ながらに風紀委員長をしていて、校則を守らない生徒を厳しく指導をされています。そういえば、かなり前の昼休み、エドワード殿下が廊下を走っていて怒られていましたわ」

それは取り巻きを撒《ま》いて、隠れ家に初めて王子が来た時のことかもしれない。

私はあの時の王子の照れくさそうな顔を思い出して、胸がギュッと締め付けられるような感覚に襲われた。そして、遠くにいる彼の姿を見つめた。

＊＊＊＊＊

しばらく経ち、ダンスをぼんやり見ているのもつまらなくなってきた。

そこで、私達は裏庭へ移動して座って話すことにした。しかし、さすがにドレスでは隠れ家には入れない。

仕方なく裏庭のベンチに座ると、すぐ後ろの木陰で一組の男女が何やら話をしているのが聞こえてきた。

「先ほどのアンジェラ様の婚約者、エヴァン様とリリアン・ドーム男爵令嬢ですわ。リリアン様ってとても机の中が汚いのです。テストや渡された書類がずっと入れてあるのですわ」

チラリと後ろを見たミリア嬢が、私の耳元で囁いた。

二人は私達に気が付いていないようで、声を潜めることなく話している。

「リリアン嬢、それは本当か。それが本当だとしたら、私はアンジェラを軽蔑する」

エヴァン様は興奮しているようで声を荒げている。

「本当ですわ。私とエヴァン様が親しいと知ったアンジェラ様は、私に現金を渡されたのです。かなり分厚い封筒でしたから、高額なのは間違いがないですわ」

「詳細を話してくれないか。彼女に抗議しよう」

「二階の踊り場で分厚い封筒を渡され、エヴァン様との手切れ金だと言われました。貧乏男爵家は金が欲しいだけだろうと。アンジェラ様が厳しい顔で封筒を私へ渡すのを複数の生徒が見ているはずです」

「金を渡すなんて。裁判官の娘がすべきことではない。しかも、手切れ金などと。私の心まで疑っているというのか？」

エヴァン様の声は暗い。

不穏な空気に私とミリア嬢は、思わず顔を見合わせた。

「恐らくそうですわ。私とエヴァン様の仲に嫉妬されているのでしょう」

「それで、その封筒はどうしたのだ？」

「その場でお返ししました。でも、貧乏男爵家と蔑《さげす》まれた上に現金を渡されるところを多くの生徒に見られたことが恥ずかしいと、いただいていた婚約の話が成立前に破談に。こんな私にはもう、結婚の申し込みなどこないかもしれません」

リリアン嬢はわっと泣き出した。

しばらく、彼女が泣きじゃくる声だけが聞こえていたが、やがてエヴァン様の覚悟したような低い声がした。

「すまない。君と私はアンジェラに嫉妬されるような関係ではないはずだ。しかし、君の婚約が破談となり、今後、君がそういった話をもらえないのだとしたら、アンジェラの行為の原因を作った私も責任をとる必要があるだろう」

「で、では、一生独身かもしれないかわいそうな私と婚約していただけるということですか？」

エヴァン様の声はしなかったが、「嬉しい」とリリアン嬢の高い声がしたから、エヴァン様が頷いたのだと私は思った。

二人はしばらく話をした後、パーティ会場へと向かって歩き出した。

「まるで恋愛小説のヒロインとヒーローのようでしたわ。この後、小説のように『君とは婚約破棄だ！』とアンジェラ様に言うのかしら。でも、アンジェラ様が手切れ金なんて渡すでしょうか？竹を割ったような性格の方なのに」

ミリア嬢が興奮しつつも首をかしげている横で、私は二人の会話にちぐはぐな印象を感じていた。ドーム男爵という名にも聞き覚えがある。

どうも変だ。私は考えこみながら、「二人の後をついて行きませんか？」というミリア嬢の言葉に頷いた。

＊＊＊＊＊

パーティ会場では、エヴァン様と寄り添うようにリリアン嬢が立っていた。そして、二人に向かい合ってアンジェラ嬢がいる。

三人は、何が起こるか興味津々といった様子の生徒達に取り囲まれていた。私とミリア嬢は生徒達の間に割って入った。

ちょうど、ダンスの合間で楽団の演奏がやんだ。そこにリリアン嬢の声が響いた。

「アンジェラ様。私、エヴァン様に全てお話ししました」

目を潤ませているリリアン嬢は、とても美しい。薄いピンクのレースをふんだんに使ったドレスが華奢《きゃしゃ》な体型に良く似合っている。

「何のことですか？　私、エヴァン様をずっと探していましたのに」

アンジェラ嬢は不思議そうに二人を見ている。

「君がそんなに卑劣な女性だとは思っていなかった。勝手に嫉妬した上に人を蔑み、封筒が分厚くなるほどの金を渡すなんて。リリアン嬢の人生は、君のせいで台無しだ。アンジェラ、僕は君との婚約を……」

生徒達が息を飲む中、咄嗟に私は叫んだ。

「ちょっと待ってください！」

先ほどから考えていたことが繋がったのだ。

「あれ、誰だ？」という声が聞こえるが、暗唱を止めることはできない。

私の頭には、すでに『王立高等学園校則』の表紙が浮かんでいるのだ。

『学園に持ち込んではならないものその二。

現金類の持ち込みは禁ずる。身分・財産で人を判断することを禁じているため、また、窃盗などトラブルの原因となるため、持ち込み禁止とする。学園内の飲食時や物品購入時は、生徒手帳を見せて購入する。一か月後、登録住所に請求書を送る』

三人に聞こえるような大きな声で、私は一息に暗唱した。

生徒達は「なんだ？　校則か？」と騒《ざわ》めいている。

「あの。アンジェラ様は風紀委員長で、校則について厳しく指導している方ですよね？　そんな方が、校則を破って封筒が分厚くなるほどの現金を持ち込んだりするでしょうか？」

三人を取り囲む生徒達の環《わ》から私は一歩、前に出た。

このままでは、アンジェラ嬢とエヴァン様が不幸になってしまうという一心だった。

「誰よ、あなた！　勝手なことを言わないで頂戴！」

先ほどまでしおらしかったリリアン嬢の表情が急に鬼気としたものに変わった。どうやら図星のようである。

「嫉妬？　確かに近頃、エヴァン様とリリアン様がよく一緒にいるとは感じていたけれど……」

アンジェラ嬢は、ますます不思議そうな顔をした。

「アンジェラ様が私に二階の踊り場で分厚い封筒を渡しているのを見た方が、大勢いらっしゃるはずですわ」

リリアン嬢は周囲の生徒達を見回した。すると、生徒達の輪の中から次々と声がした。

「私、見たわ！」

「僕も！」

勝ち誇ったような微笑みをリリアン嬢は浮かべている。

そうはさせない。私はアンジェラ嬢に向かい言った。

『学園規則その十。机の中身は、毎日全て持ち帰ること』

アンジェラ嬢は、思い出したというように頷いた。

「わかったわ。あの封筒のことね。リリアン様が机に溜め込んでいるテストやプリント類を封筒にまとめて入れて、たまに踊り場で渡しているのよ。教室の皆の前では、恥ずかしいでしょうし。でもなぜか、リリアン様がたくさん友人を連れてきた日があったわね」

「なんだって！　すべて嘘だったというのか！」

エヴァン様は驚いた様子で叫んだ。リリアン嬢は恐ろしい表情で私をにらみつけている。

「誰だか知らないけれど、余計なことを。うまくいきそうだったのに！」

「もしかして、先日、宝石類を頂いたのにもかかわらず、ある男性に法外な婚約支度金をふっかけたのは、あなたですか？　それで、婚約成立前に破談となったのですよね？　そもそも、婚約する気があったのかは不明ですが」

騎士団副団長の子息、リチャード様と破談になった令嬢はドーム男爵令嬢。リリアン嬢に違いない。

彼女の今の様子は、エヴァン様と無理やり婚約に持ち込もうとしているようにしか見えない。今度も何か理由をつけて物や金を要求する気か。それともリチャード様より格上のエヴァン様の婚約者の座を単純に狙っているのか。

「なぜ、それを……」

「リリアン嬢、私に嘘をついていたのか！」

怒りの表情のエヴァン様が、リリアン嬢に燃えるような目を向けた。

「ふん。もういいです。私、もっといい殿方を探しますわ」

捨て台詞《せりふ》のように言うと、リリアン嬢は振り返りもせずに歩き始めた。

逞《たくま》しいというかなんというか。とにかく、エヴァン様が婚約破棄などと口にしないでよかった。

「ちっ、邪魔が入らずにあそこでエヴァン様が婚約破棄と言い切れば、思うようになったのに」

私の横を通り過ぎるリリアン嬢から、そんな呟きが聞こえた。

エヴァン様はリリアン嬢の後は追わず、アンジェラ嬢の前に跪《ひざまず》いた。

「アンジェラ、すまない。リリアン嬢と一緒にいたのは、落第しそうだからと頼まれてテスト前に勉強を教えていただけだ。そして、先ほどは相談があると呼び出されたのだ。危うく口車に乗って、君を苦しめるところだった」

「一体、どういうことでしょう？　でも私、そうやって誰にでも親身になって話を聞く、エヴァン様の優しいところが好きです。どうか私に跪かないでください」

「アンジェラ……」

二人が見つめあった時、突然、男性の声が会場内にこだました。

「揉め事はそこまでじゃ。さあ、皆、ダンスに戻りなさい」

振り向くと、豪奢《ごうしゃ》な衣装に身を包んだ老人が騎士に取り囲まれて立っていた。

「孫の初めてのパーティを見学しにきたら、懐かしい方の面影に出会えるとは。そなた、ディライト侯爵家の娘さんかな？　長い手足、艶やかな黒髪……。化粧もドレスも、若かりし頃に憧れたマーヤ様にそっくりじゃ。異国の美しさ、血は受け継がれておるのだな」

その老人は私を見て嬉しそうに微笑んだ。

マーヤ・ディライトは私の曾おばあ様である。でも、エキゾチックな美人だったという曾おばあ様と私は、髪と目の色しか似ていないはずだ。

「おじい様！」

エドワード王子が老人に駆け寄る。

おじい様。ということは、引退されて離宮で暮らしておられる前国王に違いない。そんな方に話しかけられるなんて。

「エドワード。こういった場面では、お前が前に出て収めないと。ディライト家のお嬢さんに任せきりはダメじゃよ。儂《わし》もマーヤ様が凛とした様子で、喧嘩の仲裁に入るのを見ることが好きだったがの」

「すみません」

エドワード王子は、恥ずかしそうに下を向いた。

「さぁ、若者は楽しまないと。ディライト家のお嬢さん、機会があれば、また会いたいの」

前国王は私に微笑みかけると、騎士を引き連れて会場から立ち去った。

それと同時に、会場は再び音楽が流れ賑わいを取り戻した。

エヴァン様とアンジェラ嬢は二人で微笑みあっている。

ほっとして二人を見ていると、私の視線に気が付いたエヴァン様が私に会釈をした。

ハッと我に返った私は目立ってしまったことに気が付き、慌ててミリア嬢の横で体を小さくした。

「ルーラ様、凄いですわ。婚約破棄を阻止したばかりか、前国王陛下にお声をかけられるなんて」

目立ってしまった恥ずかしさで、私はミリア嬢の言葉にも頷くことしかできない。

エドワード王子は体を縮こまらせている私の傍に近寄り、小声で何か言った。

「ごめん、ルーラ。君に見惚れていて言葉がでなかった。いつも君は綺麗だけど、今日はもっと綺麗だ」

ちょうどその時、楽団が一層激しく音楽を奏でた。そのせいで、私には王子の口の動きしかわからなかった。「なんでしょう？」と聞き返そうとしたけれど、王子は取り巻きと共に歩き出していた。

＊＊＊＊＊

「ルーラ。一体、何をしたんだ」

夏休み初日。屋敷に届いた手紙を開いて、お父様は茫然としていた。

それは、ソーサ公爵家の紋章入りの便せんにしたためられたもの。パーティの際に迷惑をかけたという内容の詫び状だった。

「ソーサ公爵家と言えば、宰相を務める家柄だ。よし。これを明日、城へ持って行って、団長にアピールだ。我が家がソーサ公爵家と繋がりがあるとわかれば、ルーラと殿下の婚約より先に騎士に復帰できるかもしれない」

お父様の言葉に私は小さくため息をついた。

第十話　弟アラン、ディライト家の没落危機を救う？　その二

夏休みが始まってから数日たったある夜。

私、ルーラ・ディライトは『初級魔法入門』を開き、魔力の発動を練習しようと意気込んでいた。お父様はソーサ公爵からの手紙を団長に見せ、騎士として復帰する達しがくるかもとワクワクしながら毎日を過ごしている。だが、さすがに十日たった今、そんなものはないと私は踏んでいるのだ。

元より、ただのお礼状にそんなに効力はないはず。つまり、没落は刻一刻と迫っているということ。

やはり、私が魅了魔法を使うしか道はないと、改めて思った次第なのである。

やがて読書の秋もやってくる。新刊が続々と出る前に没落を回避しないと私も困るのだ。

「さぁ、やるぞ」

と気合を入れた時、部屋をノックする音がした。

「はい。どうぞ」

「お姉様、勉強中すみません」

申し訳なさそうな顔でドアを開けたのはアランだった。

「い、いいのよ。今、教科書を広げるところだったから」

幼いアランは没落危機のことは知ってはいるが、完全に理解しているわけではない。魅了魔法のことも同じだ。

アランを混乱させたくない私は、慌てて教科書を手に持った。

「お姉様にお願いがあります。ソフィアちゃんのお母様のために買ってきて欲しい物があるのです。お姉様にしか頼れる人がいません」

「わかったわ。お姉様に任せて」

アランの愁《うれ》いを帯びた青い目はお母様そっくりで。そのせいか私は無意識に言ってしまった。

私は、お母様とアランのこの表情にどうも弱いようだ。

アランはまだ十歳。一人で屋敷の外に出ることは許されていない。でも、私も一人で外出したことはほとんどないというのに。

急に不安になった私をよそに、たちまちアランの顔は明るくなった。

「今日の午後、お母様と一緒にドレス店に行ってきました。その時にソフィアちゃんのお母様の体調が悪いと相談されて。ここ一週間ほど、微熱が続いているそうです。体がずっとだるいと言っているとか。食欲もないようです」

「風邪かしら？　でも一週間も微熱が続くなんて」

「ソフィアちゃんは、お母様の好きなマカロンなら食欲が湧くはずだと話していました。お店のお客様が話していた新しいスイーツ店に行きたいそうなのですが、ソフィアちゃんも一人では外出はできなくて……。ソフィアちゃんのお母様は病院には行かないと言い張っているらしいので、心配です」

「大丈夫。私が行くわ。そのマカロンはどこで売っているの？」

私はアランを安心させようと笑顔を作った。内心は不安でいっぱいだったけれど。

「ありがとうございます！　よかった。お姉様がいて」

アランは私に抱きつき、嬉しそうな声を上げる。

不安な気持ちを振り払うように、私はアランをぎゅっと抱きしめた。

＊＊＊＊＊

翌日、私はミリア嬢と買い物に行くと嘘をついて外出した。

「まぁ。お友達と外出なんて初めてね」と、お母様は嬉しそうに送り出してくれた。

罪悪感に苛《さいな》まれるが、アランのためだ。仕方がない。

アランから聞いたスイーツ店がある場所は王都の南、古い家々が密集する地域である。

古い家々にひと気がない通り。治安が良い王都だが、この辺りは異なるとも聞く。

「早く帰ったほうがよさそう」

安請け合いしてしまったことを後悔しつつ、私はアランに聞いた店の場所までなんとか辿《たど》り着いた。

「おかしい。絶対にここで合っているはずなのに」

店だと思われる建物は空っぽのよう。入り口の戸は閉ざされている。

ソフィアちゃんがお客様から聞いた話によると、この場所にあるはずのスイーツ店のマカロンは絶品らしい。『虹の国の朝露味』、『眠り姫の好きな林檎味』などメルヘンな名がついているそう。聞いただけで美味しそうだ。

「何とかマカロンを手に入れなくては」

アランをがっかりさせるわけにはいかない。私は店の移転通知でも貼られていないかと建物の周辺を一回りしてみるつもりで、足を一歩踏み出した。

その時、よく知った声が私を呼び止めた。

「ルーラ？　どうしてここに？」

振り向いた私はこの場所に似合わない、澄んだ薄い青色の目に見つめられた。

私を呼び止めたのは、エドワード王子だった。

「……！」

その名を呼ぼうとして、私は口を押さえた。この場でその名を口にすることは危険かもしれないからだ。

「まったく君は。女性が一人でこんな所に来てはダメだよ」

「弟のためにマカロンを買いに来たのです」

王子は変装のつもりなのか魔法使いのようなローブを身に着け、フードで金髪を隠している。でも、不自然過ぎて余計目立っている気がする。

「マカロンか。さっきこの地域の手前に新しいスイーツ店ができているのを見たよ。行列ができていた」

「えっ……？　場所が違う？」

なんてことだと、私は頭を抱えた。

「僕は調査に来たんだ。少しだけ待っていてくれたら、その店の場所を教えるよ」

「お願いします。あれ？　もしかして、お一人ですか？」

学園内でこそいないが、普通ならお忍びで外出する時でも王族には護衛の騎士がつくはず。だが、エドワード王子の後ろには誰もいなかった。

「その……。北の城門の幽霊騒ぎから、現場から意見を求められることが多くてね。うん。そうなんだ」

ごまかすような口調の王子。なんだかいつもの彼らしくない。

「でも、お一人だなんて」

「だって、君に追いつきたいんだ。そのためには、何でもいい。手柄を……」

「私に追いつく？　徒競走ですか？」

足の速さでは王子に敵わないと思うけど。と、不思議そうな顔をした私の右手は、突然ぎゅっと掴まれた。それは、王子の手だった。

「と、とにかく。この場所では僕から離れないように。治安が良い場所ではないよ。あっちを見に行こうとしていたの？」

「は、はい」

私、エドワード王子に手を握られている？　突然のことに私の頭は真っ白になった。その動揺を悟られないように私は必死で言葉を発した。

「そ、その、調査とおっしゃいました？　何の調査ですか？」

私は手を握られたまま、建物の周囲を歩く。この手は危険な場所では女性を守るという騎士の心得によるところだと私は解釈した。だけど、やっぱり恥ずかしい。

「この建物には怪しい男達が住んでいたらしい。城では彼らがラクザ王国の残党ではと怪しんでいて、彼らについての手がかりが残されているはずだと踏んでいる」

「えっ？　ラクザ王国の残党？」

「実はこの場所は明日、騎士が調査予定なんだ。何かわかればと先に来てみた」

ラクザ王国は攻撃的な侵略国家。多くの国々を滅ぼし、圧政を強いてきた国だ。だが、二十年ほど前に我が国を含む五か国からなる連合軍に滅ぼされた。

しかし、生き残った残党は連合軍に参加した国々への復讐を目論んでいるという。我が国も連合軍に参加した国の一つである。

三月には、連合軍に参加したノースタニア王国の国王一家がおそらく彼らに暗殺されている。

我が国でも、四月にラクザ王国の残党とみられる三人の侵入者が城内に入った。お父様が三人を逃してしまったことにより、我が家は没落危機に陥っているのだ。

この場所にラクザ王国の残党がいたのだとしたら、やはり我が国でも復讐を計画しているのに違いない。この場所で一体、何をしていたのだろうと思うと、私は急に怖くなってきた。

彼らの復讐は国王一家を殺害することの可能性が高い。狙われているかもしれないエドワード王子自らが解決しようとこの場に来るとは。王子は優しい物腰とは違い、とても正義感が強い人なのだろう。

そう考えた時、私は建物の窓から見えるある物に気付いた。それは、この場には何となく不自然な物だった。

それは、建物内の白い壁に貼られた一枚の絵。

どこかの本から破ったのか、挿絵《さしえ》のようにそれは見えた。

「窓から見えるのは黄色いポピーの絵ですよね？」

「部屋の中には瓶が転がっているね。何だろう？　ゴミかな？」

白い壁の部屋の中は机が一つ。机の上には小さな香水瓶のような瓶や飲み物を入れるような大きい瓶が数本、転がっている。

私はどうも壁に貼られた絵が気にかかった。

「黄色いポピーの花言葉は『成功』、『富』……」

呟く私を王子が驚いた様子で見ている。

「そうか。あの絵には意味があるかもしれないと、ルーラは思っているんだね」

「はい。考えすぎかもしれませんが、部屋は空っぽであの絵だけが残されている。もし、「成功」と誰かへメッセージを伝えているとしたら……」

「確かにあれだけ残されているのは不自然だね。帰ったら、リーマン男爵、明日の調査担当の騎士に話すよ」

するとその時、一人の男が走って来た。

「やっと見つけました」

それは王子の護衛の騎士だった。

「ちっ、ここまでか。夏休み中にまた逢えたらいいな」

悔しそうに言うと王子は私の手を離した。私の手には王子のぬくもりだけが残った。

安全な場所まで私を送る途中、王子は嬉しそうに言った。

「今日の成果は、ルーラのことを知れたことだね。どうやら、ルーラは弟のことになると冷静ではなくなるみたいだ。いつもなら、この場所にスイーツ店なんてないとすぐに判断して途中で引き返すだろうに」

確かにその通り。お母様そっくりのアランの青い目のせいだと納得しながら、私は帰宅したのだった。

＊＊＊＊＊

屋敷に着いた私は早速、アランに話をした。

王子に言われ、確かに冷静に考えればわかることだと私はすぐにピンときたのである。

「お店には行けなかったの。でも、お姉様は考えたわ。ソフィアちゃんのお母様、もしかしたらお腹に赤ちゃんがいるかもしれない」

「赤ちゃん、ですか?」

「えぇ」

『医療事典』の表紙を思い浮かべると、私は口を開いた。

『妊娠の最も早い症状一例。微熱が続き、体がだるい。時には眠くなることも。いつも食べている食べ物がおいしく感じられなくなり、食欲がなくなることもある』

「症状がぴったりよね? だから、ソフィアちゃんのお母様には病院に行くように伝えたほうがいいわ」

「さすがお姉様です！　明日、できたドレスをお母様が取りに行くと言っていました。僕、一緒に行きたいとせがんでソフィアちゃんに伝えます」

天使のような微笑みを浮かべるアランの様子にほっとしつつ、ふと私は思った。

今日でまた、エドワード王子と親しくなった気がすると。つまり、アランのお陰で没落危機が少し遠のいたのかもしれない。

今日の様子なら王子の目を見つめることはもう容易にできそうだ。つまり、あとは私が魅了魔法を使うだけ。

魔力発動の練習をもっとしなくてはと、私は思ったのだった。

第十一話　王子、画策する（エドワード王子目線）

今日の午後のこと。

「だって、君に追いつきたいんだ。そのためには、何でもいい。手柄を……」

思わず漏らしてしまった本音。

「私に追いつく？　徒競走ですか？」

ルーラはそれが僕の本音だとは気付かなかったようで、きょとんとして、ちぐはくな言葉を口にした。どうも彼女は自分のこととなると途端に鈍《にぶ》くなるようだ。

……と、思い出して僕は自室で一人、赤面している。

「なんてことをしてしまったんだ」

ルーラは聡明だ。読んだ本を暗唱できるなんて神から授けられた素晴らしい才能もある。その上、きっぱりと自分の意見を言うこともできる凛とした女性だ。

いや、それだけではない。彼女は綺麗だ。

地味なディライト家の令嬢。そう彼女が呼ばれていることは僕も知っている。でも、それは誤りだ。

艶やかな黒髪。そして彼女の知性を表したような深い黒の瞳。

そんな彼女が時折見せる、今日のようなきょとんとした様子も、とても可愛らしい。

だから、僕は抑えられなかった。彼女に触れたいという衝動を。

「と、とにかく。この場所では僕から離れないように。治安が良い場所ではないよ」。そう言って彼女の手を握ってしまった。

「ルーラに変に思われなかっただろうか？」

机の上で頭を抱えながら、ふと、学園のパーティで見た彼女の美しさを思い出す。

咄嗟にエスコートを申し出たものの、ルーラには聞こえなかったようだ。だから、それはいいとしよう。

だけど、僕はドレス姿を見たいがために、パーティに行かないと言う彼女を説得したことを後悔した。多くの人に彼女のドレス姿を見せなければよかったと。それほど彼女は綺麗だった。

彼女が誰かに奪われてしまったらと、僕はひどく焦った。そこで、僕は彼女を誰にも奪われない方法を考えた。

僕の婚約者は十五歳となる年。つまり、今年の母上主催のお茶会で決められる。

父上と母上、宰相と六人の大臣、国の重鎮《じゅうちん》一人。そして僕が推薦した令嬢がそれぞれ婚約者候補としてお茶会に呼ばれる。

お茶会ではマナーや立ち振る舞いなど、婚約者候補の審査が行われる。審査で最も良い点数をとった婚約者候補が僕の婚約者となる。

全員の推薦を勝ち取り、唯一の婚約者候補としてしまえば、彼女は確実に僕の婚約者となる。つまり、他の誰にも奪えない。

すでに数人の候補者の名が挙がっている。でも、僕はこのために大臣達や両親に掛け合うつもりでいる。

「思えば初めて会った時から、僕は彼女に惹かれている。初恋の人にそっくりなのだから」

隠れ家とルーラが呼ぶ場所で彼女に初めて会った時、僕は驚いた。

だって、ルーラは僕の初恋の人にそっくりだったのだから。それは、おじい様の書斎にあった古い本に挟んであった黒髪に黒い瞳の姿絵の女性だ。

姿絵を見た幼い僕の心臓は高鳴った。この世にこんなに美しく、かつ凛とした女性がいるのかと。

その姿絵を見るために、何度もその本を開いたものだった。

「違う。あの絵の女性よりルーラは綺麗だ。それにあの知性。僕では彼女に相応しくないかもしれない」

僕は、ずっと穏やかで優しい大人しい王子であることを心掛けてきた。

たった一人の子どもである僕を、父上も母上も大切にしてくれた。

そのせいもあったのだろう。ある日、幼い僕の好き嫌いの多さを咎《とが》めた侍女を母上が解雇した。

僕が母上に「あの侍女は僕が嫌いな物を食べさせようとするのです」と泣きながら言ったのがそ

の理由。

それを知って以来、僕は自分の意見や怒り。人に影響するような感情を外に出すことを我慢することにした。

ただ、にこやかに過ごしていれば誰も傷つかない。そう思ったから。

この前の学園のパーティでだって、騒ぎが起こっているのはわかっていた。だけど、あの場を収めることを躊躇した。

ルーラの姿に見惚れていたのもある。でも、僕の判断で誰かを傷つけることになったら。そう思ったら怖くて動けなかった。

結局、騒ぎを解決したのはルーラだった。

そもそも、僕の手柄ということになっている北の城門の幽霊騒ぎだって、彼女が解決したようなものだ。

「今日も暗号めいた絵に気付くなんて。僕は彼女には全然、敵わない」

黄色いポピーの絵のことは、建物の調査担当のリーマン男爵と父上に伝えた。

当然、一人で出掛けたことを叱られてしまった。でも、ルーラに会えたから別にいい。

「ルーラに相応しい男になりたい。どうしたら……」

机の上に目をやると、そこには一冊の本があった。

「ルーラを婚約者候補に推薦してもらうのに使えると、取り寄せた本だったたな」

本のタイトルは『戦争を止めた愛』。ランドール王国で最近出版された本だ。ディライト侯爵家の先祖と隣国の王子の物語である。

ただし、名目上は十一月に父上に同行する予定のランドール王国への外遊のため、あちらで流行っているものを理解しておく必要があるとして取り寄せた。

「いっそのこと、我が国でも出版するか。ディライト家の評判が上がりそうな内容みたいだし。話題性がある令嬢の方が大臣達にアピールしやすい」

と呟いて、僕はハッと我に返った。

「いや。それよりどうしたら彼女に相応しい男になれるか考えないと。あっ、外遊の目的は我が国の特産物、絹の関税を下げさせることだったな。この本の時代から続く、両国の絆をアピールして関税交渉を進められないだろうか」

焦っても仕方がない。僕はルーラのような能力も知性もない。できることから始めよう。少しでも、彼女に相応しい男になるために。

僕はそう決意して、本を開いた。

まさかこの本が彼女の家の秘密に関係があるなんて、僕はこの時思いもしなかった。

第十二話　地味令嬢、職場見学へ行く

「はぁっ？　職場見学……ですか？」

私は、夕食時のお父様の言葉に素っ頓狂な声をあげた。

「うん。夏休み中に学園の生徒達に騎士団を知ってもらおうと、騎士団職場見学という催しを開くことになった。副団長のアイディアでね。ルーラに是非、参加して欲しい」

「私、忙しいので……」

「フフフフ。知っているよ。夏休みは読書しかしていないことをね」

不敵かつ美しい笑みを浮かべるお父様は、まだ私が魅了魔法をエドワード王子にかけていると信じている。

しかしながら、我が家の没落回避の期限は迫っている。

エドワード王子に魅了を使う期限は、王子の婚約者が決められる十月の王妃主催のお茶会まで。

没落を回避するには、それまでに王子に魅了魔法を使い、どうしても私を婚約者にすると駄々をこねてもらう必要がある。地味令嬢がお茶会に招かれることはあり得ないのだから。

今は八月のはじめ。あと二か月ほどしか時間がないのである。

だから私は夏休みとはいえ、忙しい。魔力発動の練習をせねばならないのだ。そして、合間に読書も。

せっかくの夏休み。魔力発動の練習の合間に読書という気分転換時間を少々長くとっても、問題あるまい。

「私、お父様が思っているより忙しいのです」

「なに！　それは困るな。参加者が少ないのに。今回の催しの目的は騎士の志願者を増やすこと。どうも今の若者は危険だからと騎士を倦厭《けんえん》する傾向にあるらしい。城での人気職は文官らしいし」

お父様は困ったと言う様に眉間にしわを寄せるが、これもまた絵になる美しさ。普通の女性ならここでぼんやりとして「やっぱり、行きます」と、言ってしまうだろう。

「でも、私は女子ですよ。女性は騎士にはなれませんし、参加しても意味がないのでは？」

「女子でも大歓迎さ。これは副団長の策でね。見学に来た女の子達が騎士は素敵だと婚約者やクラスメイトの男子に言えば、騎士の志願者が増えるという計画なんだ」

クラスメイトの男子と話もできない私には関係がないが、何を言っても無駄のようだ。

そもそも外には出たくないとも今更言えず、私は渋々、騎士団職場見学へ行くこととなった。

＊＊＊＊＊

騎士団職場見学の当日。

私は馬車に乗り、憂鬱な気分で城内へと向かった。

城の敷地の一角に屋外の騎士団専用の訓練場がある。今日は、そこでの催しになるそうだ。

騎士による剣技の実演と、騎士が使っている甲冑《かっちゅう》の試着、騎士と軽い手合わせができる交流の時間の二部制だとお父様より聞いている。

時間は午前中の二時間ほど。二時間耐えれば屋敷に戻れると自分に言い聞かせ、私は馬車を降りた。

騎士団の正装姿で受付に立つお父様は、確かに『緑色の美丈夫』という別名に相応しかった。

女生徒の参加は数人のようだったが、保護者として同伴しているのは母親ばかり。

「あぁ、やっぱり正装姿が素敵」とお父様を見て話しているから、目当ては職場見学ではないだろう。

息子を騎士団に入団させるともれなく緑色の美丈夫に会えるという特典を付ければ、母親達は息子を入団させるかもしれない。

＊＊＊＊＊

「……で、お父様はどうしてここに？」

用意された席に座り、剣技の実演の開始を待っているとお父様が私の横に座った。

先ほどまで、受付に立っていたはずなのに。

「もう仕事は終わりさ」

「受付だけですか？」

「うん。剣技はできないし、手合わせなんてとんでもない。子どもに負けでもしたら、その瞬間、完全に厄介払《やっかいばら》いさ。そもそも、騎士の業務からは外されているしね」

お父様の緑色の目は、悲しそうに揺れた。

夏休み中に魔力を発動させてみせる。私はお父様の目に誓った。

＊＊＊＊＊

「あの方の顔の傷、『ラクザの守護神』みたいですね」

騎士達の剣技の実演に参加している壮年の男性を見て、私はお父様に言った。

よほど人が集まらなかったのか、私には前から二番目の席が用意されていた。そのため、騎士達の顔が良く見える。

「最強と言われたラクザ王国の将軍だね。二十年ほど前、ラクザ王国が亡んだ最後の戦いで生死不明となったが、実は生きていると噂されている。そんな人の容姿を知っているのかい？」

「ええ。絶版になりましたが、彼のことを書いた小説があるのです」

私は小声で暗唱を始めた。

『男の本当の名は、トーマス・ディアス。

額に三日月の刀傷《かたなきず》を持つラクザ王国の剣の達人、別名『ラクザの守護神』。

幼い頃より剣の天才と称された彼は、十七歳で軍に入るとすぐにラクザの守護神と呼ばれるようになった。なぜなら、彼が参加する戦いは、必ずラクザ王国の勝利で終わったからだ』

私の頭には、『アンディの冒険』という少年向けの小説の表紙が浮かんでいる。

自身を滅ぼした連合軍の国々への復讐を企んでいると言われるラクザ王国の残党。だが、この小説はあくまで少年向け。冒険者を夢見るアンディという少年が、ある傭兵《ようへい》に出会い一緒に冒険へと出発するという話だ。途中、傭兵の本名がトーマスでラクザの守護神だということがわかり、彼から剣術を教わってアンディは成長していく。

この小説は十五年ほど前に隣国で出版された。アンディ以外はラクザの守護神をはじめラクザ王国に実在した人物がそのまま登場するということもあって、話題となったそうだ。

しかし、作者がラクザ王国出身でラクザの守護神を称えるような文章が多かったことが問題視され、絶版となってしまったのだ。そのため、長編の物語のはずが一巻しか世に出回ることはなく、今では手に入れるのが難しい本の一つとして知られている。

一年ほど前、偶然に我が家の書庫の奥で『アンディの冒険』を見つけた時、私は歓喜したものだ。

「確かに額の刀傷があるのは同じだ。でも、彼はマティウス・リーマン。この国の男爵だよ。確か四十歳過ぎぐらいだと思う。四年ほど前にある貴族の推薦で、騎士団に入ったはずだ」

私はリーマン男爵という言葉にピクリと反応し、思わず呟いてしまった。

「リーマン男爵……。あぁ、ラクザ王国の残党がいたという建物の調査担当の方ですね。そういえば、ポピーの絵の件はどうなったんだろう？」

「えっ？　その件は近所の子どものいたずらだとリーマン男爵の報告書に書いてあったよ。他にも落書きなどいたずらの形跡があったとか」

「えっ？　そんなものなかったはずですが」

私が見た部屋の中には落書きはなかったと考えだしたところ、お父様が目を細めながら言った。

「それより、それをどうして知ってるんだい？」

「エ、エドワード殿下ですよ。お手紙をもらって」

しまった。この件は秘密だったと私は慌ててごまかした。

「やはり、殿下だったか。魅了魔法が順調でなにより。しかし、魅了はじわじわと効くのかな。なかなか、婚約の話にはならないね」

「そ、そうみたいですね」

私のため息と同時に剣技の実演は終了した。

訓練場では騎士団との交流の時間が始まり、お父様と私は甲冑の試着へと向かうことにした。

このまま席にじっとしていたいと思ったが、お父様がこう言ったのである。

「試着の場所にはあまり人がいない。私が行けば、ご婦人達が私を見ようと子どもを連れてやってくるだろう？　騎士団のためになる。これも騎士復帰のためのアピールさ。ルーラが魅了を使えるとはいえ、私もできるだけのことはしなくてはね」と。

そう言われれば仕方がない。私はお父様の後ろをついてノロノロと試着の場所へと向かった。

案の定、私とお父様の後に数人の親子連れがついてくる。

さすがはお父様である。ご婦人方の行動を見抜いていると感心していると、先ほどのリーマン男爵が私に手招きしている。

私はハッとした。彼の手招きは不自然だったからだ。

この国では、手招きは手の平を上にしてするもの。だけど、リーマン男爵は手の平を下にして手招きをしていた。

彼の額には、やはり三日月型の切り傷があった。

「ディライト侯爵には、こんな大きなお嬢様がいらっしゃるのですね」

お父様に気付き、リーマン男爵は話しかけてきた。

「初めまして。ルーラ・ディライトと申します」

「ルーラ。良い名ですね。古い土地の名だ」

リーマン男爵の一言で、私の頭の中に『アンディの冒険』の表紙が浮かぶ。

そんなわけはない。私はそう自分に言い聞かせ、頭に浮かぶ文章を必死でかき消した。

「ルーラには、胴部分はとても着られないだろうな。兜《かぶと》だけかぶってみてはどうだろう?」

お父様は私に試着させる気のようだ。

「え、えぇ……」

先に、私より年下の少年がリーマン男爵に兜をかぶせてもらった。

次は私の番だ。だが、リーマン男爵は私の頭には兜をかぶせなかった。彼は兜を私に手渡したのである。

「では、ご自身で」

あぁ、やっぱりそうかもしれない。私の中の違和感と確信は広がるばかり。

再び浮かんだ『アンディの冒険』の表紙。

今度は暗唱を止めることができなかった。

『ラクザの守護神、トーマスはルーラ村の出身だ。月という意味を持つその村は、月の女神を信仰していることから、いつしかルーラ村と呼ばれるようになった』

次に『世界の習慣豆知識』という本の表紙が私の頭に浮かぶ。

『手のジェスチャーも地方、国によって異なる。

代表的なものは、手招きだ。旧ラクザ王国からユーラリア王国にかけては、手の平を下に向けてする手招きが一般的である。

なお、旧ラクザ王国では、男性の手が女児の頭を触ると婚期が遅くなるという言い伝えがあり、親や親族であっても女児の頭に手を近づける行為は避けたという』

リーマン男爵が驚愕《きょうがく》の眼差しで私を見ていることなど、私は気付きもしなかった。

「もしかして、本物のラクザの守護神……？　やっぱり、生きていたの？」

私はただ、自分の思ったことを呟いた。止められない暗唱の癖と同じように。

「な、何を言っておられるのですか？」

「あの場所の調査をしていたのはリーマン男爵。自ら証拠を握り潰したとして……。そうすると、黄色いポピーの花言葉、成功はリーマン男爵へのメッセージ？」

彼の焦った声に注意すべきだった。でも、私は自分の考えに没頭していた。

「お前、どこまで気付いている！　ちっ、ここまでのようだな。せめてお前の口を封じて……」

私の言葉を聞いて冷静さを失ったのか、リーマン男爵が私に掴みかかろうと手を伸ばした。

しまったと、思った時には遅かった。

彼はこの場で私を殺す気だ。そう感じた。殺意と死神のような暗い目。私は恐ろしさで動くことができず、ただ目をぎゅっとつぶった。

あれ……？

恐る恐る目を開けた私は、頭を押さえて座りこんだリーマン男爵の姿を見た。彼の横には、私が受けとったはずの兜が転がっていた。

次の瞬間、お父様が立ち上がろうとするリーマン男爵に飛びかかった。そして、抵抗する彼ともみ合いになっている。

私はその様子をまるで物語の場面のようだと思いながら、ただ眺めていた。

すぐにリーマン男爵は、数人の騎士に囲まれた。

「キャー！」という女性達の叫び声が訓練場に響く。

「こちらです。外へ出てください」と、騎士達が見学者を誘導する声が遠くに聞こえた。

「ルーラ、大丈夫か！」

駆け寄ってきたお父様が私を抱きしめた。

その瞬間、私の目の前は暗くなった。

＊＊＊＊＊

「いやぁ。昨日のことだというのに凄いお見舞いの数だね」

騎士団職場見学の翌日の夕方。

自室のベッドに横たわる私にお父様は満面の笑みを向けた。お父様は城で昨日の出来事の報告を行い、帰宅したばかりだ。

「そうですね。サントス侯爵家、トワイト侯爵家、ソーサ公爵家、騎士団の方々から。そして、エドワード殿下からも。ところで、怪我もないですし、もう、ベッドから出たいのですが」

昨日、私はお父様の腕の中で気を失ってしまったそうだ。

怪我は無いのだが、お父様の指示により今日は一日中、私はベッドの中で過ごしていた。

ラクザの守護神のことは公にはされておらず、貴族達の間では私が騎士団職場見学で突然襲われたということになっているらしい。

不確かな情報を広げて国民の恐怖をあおるのを防ぎ、調査を円滑に進めるため。そして彼の正体をおそらく暴いた私がラクザ王国の残党の恨みを買い、狙われるのを防ぐという国王の指示だそう。

「まだダメだ。しかし、鍛錬の成果が出たな。なんと、私が咄嗟にルーラの持っていた兜を手にとって、リーマン男爵の頭を殴るなんてね」

お父様は緑色の目をキラキラと輝かせている。

「やはり、リーマン男爵はラクザの守護神だったのですか？」

一番気になっていたことを私はお父様に尋ねた。

「証拠はまだない。彼は黙秘を続けているよ。ただ、彼はリーマン前男爵夫妻の養子でね。その経緯の調査に取り掛かったところだ。リーマン前男爵夫妻は亡くなっている。その上、彼の屋敷には使用人がいなかった。養子になった時に全員、解雇したようだ。昔の話を知る者を探すには時間がかかりそうだ」

「あっ、ラクザ王国では生魚を食べる習慣があったはずです。彼に生魚を出してみては？　そうすれば……」

私が言葉を続けようとすると、お父様は首を横に振った。

「もう休んで。まだ心は疲れているはず。これで病にでもなって、昨日のように私の心臓をバクバクさせないでおくれ。ルーラに何かあったらと思うと、今でもどうにかなりそうだよ」

心配そうなお父様の表情は今までに見たこともないものだった。

いつも優しくて明るいお父様にこんな顔をさせてしまった。途端に私は不安になる。

「あの、お父様。我が家の没落は早まったのでしょうか？」

私がしたことは褒められたことではないはずだ。あの場には、多くの人がいた。ただ、私は幸運だっただけ。

催しのため、彼は剣を持っていなかったのだ。彼が剣を持っていれば、私も含め大きな被害がでたかもしれない。

きっと、何も考えずにしたことの罰が下されるだろう。私は、涙がこぼれ落ちそうになった。

「大丈夫だ。ルーラは何も悪いことはしていない。軽率な行動だったと団長からは言われたがね。ただ、ルーラが賢いことも特技も私は知っている。一言、相談して欲しかったとは思うよ」

「お父様……」

「国王陛下より、今回のことは罰しも褒めもしない。つまりお咎めはなしと達しが出ているよ。考え無しだったのは確かだけど、あのラクザの守護神を見つけたんだ。本来は、褒められるべきこと。

心配は無用さ」

「よかった」

こぼれ落ちそうになった涙を手でぬぐい、私は昨日の出来事を教訓にしようと心に誓った。

「そんな顔をしないで。ほら、エドワード殿下の手紙にも、『君の笑顔は素晴らしい。元気になって早く笑顔を見せて欲しい』と書いてあるじゃないか」

「お、お父様、手紙を読んだのですね！」

「フフフフ。その元気があれば安心だ」

お父様はほっとしたような温かい微笑みを私に向けた。

第十三話　地味令嬢、恋について考える

騎士団職場見学の事件から数日後、ミリア嬢が私の屋敷を訪れた。

私はミリア嬢を自室へ案内した。

「お越しいただきありがとうございます。ご心配をおかけしてしまったみたいで。私はもう、すっかり元気です」

「無理を言ってしまい申し訳ありません。どうしてもルーラ様のお顔が見たくて」

お見舞いの品のお礼状を送ったところ、ミリア嬢からすぐに「屋敷を訪ねてもいいか」という内容の返信が届いたのだった。

「お元気そうで安心しましたわ。まさか、ルーラ様があのラクザの守護神かもしれない人を見つけ出すだなんて。本当に驚きました」

「ミリア様、あの日のことを知っているのですか？　公にされていないと聞きましたが……」

お母様の話によると、ここ数日、貴族社会では「リーマン男爵の恋人がディライト侯爵《お父様》の大ファンだった。それでディライト侯爵《お父様》に嫉妬したリーマン男爵が娘を襲った」と噂されているそうだ。

「もちろんですわ。彼がラクザの守護神なら、ラクザ王国の残党のリーダーに違いない。リーダー

を失った残党はもう復讐などできない。そう城内では言われているとか。残党の居所は探しているそうですが」

ミリア嬢のお父様は文官長。いろいろと情報が入ってくるのだろう。

お父様もミリア嬢と同じことを騎士団長の話として教えてくれた。この推測のお陰で、自分のしでかしたことが大惨事を引き起こしたかもしれないという私の後悔は少しだけ軽くなっていた。

＊＊＊＊＊

「それにしても、凄い本の数ですね」

しばらく事件や夏休み中の出来事の話をした後、ミリア嬢が私の勉強机をまじまじと見た。

勉強机には、数十冊の本が積み重なっている。

「ええ、夏休み中に一日に三冊は読むと決めていまして。加えて、ラクザ王国のことを調べようと書庫から古い本を引っ張りだしているうちにこうなってしまいました」

「まぁ、一日三冊も。さすが、ルーラ様。勤勉でいらっしゃいますわね」

「気になる本があれば、手に取ってください」

「私、前からルーラ様がどんな本を読んでいるのか気になっていましたの」

ミリア嬢は立ち上がり、机の上の本を手に取った。

数冊の本の内容や感想を私に尋ねた後、ミリア嬢は分厚い本の間にあった一冊の本を開いた。

「あら、この本は？　もしかして、エドワード殿下へ何か贈られるのですか？」

その名に私はピクリと反応してしまった。

お見舞いでもらった手紙は王子らしい優しい内容で。思わず、夏休みの最初に王子に会った時、握られた手の温かさを思い出してしまった。

そして、「学校で早く会いたい」という社交辞令的な一文を読んで、なぜだか心臓がいつもの数倍早く動いている気がして私は何事かと戸惑ったのだった。

「エ、エドワード殿下？　ど、どうしてその名が？　違いますよ。それは弟のための本なのです。恋をしている女の子がいるらしく、私に相談をしにくるものですから」

ミリア嬢が手に取ったのは、『特別な日の贈り物』というシチュエーションに合わせた贈り物を紹介する本だ。

もうすぐソフィアちゃんの誕生日。何を贈ればいいかとアランに相談されたため、参考にしようと思っていた本である。

「あら、そうなのですね。それにしても、エドワード殿下もルーラ様のことを心配されているでしょうね」

「お見舞いとして、お手紙とお花をいただきました」

するとミリア嬢は、ひどく悲しそうな顔をしてため息をついた。

「それは、羨ましいですわ……」

「どうされたのですか？　もしかして、ユース様と何かあったのですか？」

ミリア嬢は先日の出来事を話し始めた。

＊＊＊＊＊

それは、ミリア嬢とユース様がデートで王都の公園を訪れた時のこと。

その公園は多くの恋人達が訪れる場所であり、男性がプロポーズをする場としても有名である。ロマンチックな雰囲気が良いらしい。

公園をデート場所に選んだのはユース様。まだユース様より正式なプロポーズの言葉を言われたことがないミリア嬢は、今日こそだと期待していた。

しかし、ミリア嬢が想像していた展開にはならなかった。

「ユース様。ここはその、有名な場所ですよね？」

二人で並んで歩くものの、なかなか言葉を発しないユース様にミリア嬢はしびれをきたした。

「有名な場所？　ここが？」

「もしかして、何も考えずに私をここへ連れてきたのですか？」

「何を言っている？　この公園にある池のボートに乗りにきたのだ」

「そうでしたか。以前、夕日が綺麗な丘に連れて行ってくださいましたが、それは丘の上のレストランに行きたいという理由でしたね。毎回、待っているのに。もういいですわ。私、今日は帰ります」

何度も何を怒っているのかと尋ねるユース様を無視して、ミリア嬢は自分の屋敷へ戻った。

その後、ユース様から手紙が届いても返事を書いていないという。

＊＊＊＊＊

「実は、ずっと幼馴染だったせいかユース様から恋人へ贈るようなプレゼントをいただいたことはありません。いつかは正式なプロポーズの言葉と共に指輪をいただけると、楽しみに待っていたのですが。このままだと、ユース様から気持ちが離れてしまいそうですわ」

ミリア嬢とユース様は親が友人同士で幼馴染として育った。

二人は成長してからも仲が良く、自然と恋人同士のような関係になった。その様子を見た親同士が喜び、婚約することとなったのだそうだ。

婚約が成立しているならプロポーズは必要ないと思っていたが、女心は難しい。

「私、ルーラ様がとても羨ましいですわ。殿下からお見舞いとはいえ、プレゼントをいただけて」

「それは、学園で親しくさせていただいているからかと」

「洞察力も知性も優れているルーラ様なのに、ご自分のことはわからないものなのかしら」

ミリア嬢はボソリと呟いた。

「えっ？」

「いいえ、なんでもありませんわ。ユース様はどちらかというと無口な方。期待した私がいけないとは思うのです。ほら、よく『ウェル島の男は無口が多い』って言うじゃないですか。全く、その通りの方なのですわ」

ウェル島は小さな島であるが、かつては独立した国だった。三百年ほど前に我が国に併合されたが、今でも独自の文化や言語を残している。

「ユース様は、ウェル島と関係がある方なのですか？」

ウェル島は是非行ってみたいと思っていた場所である。私は興味深いと身を乗り出した。

「ええ。ユース様のお母様は、ウェル島のかつての王家の血を引く方だそうです。今はお兄様が領主として、ウェル島を統治されているそうですわ」

「独自の文化や言語を失わない併合を我が国に交渉した名君と名高い王。その血を引く方なのですね」

さすが名門貴族トワイト侯爵家。同じ侯爵でも成り上がりの我が家とは血筋が違うと感心していると、ミリア嬢が何かを思い出したよう。「あっ」と小さく声を上げた。

「そういえば、ありましたわ。一度、ユース様から物をいただいたことが。婚約直後に手彫りの木のスプーンを頂いたのです。見慣れないものでしたが、ウェル島の工芸品でしょうか？」

「木のスプーンですか？　それは、プレゼントではないのですか？」

私はミリア嬢が持っている『特別な日の贈り物』から、ある文章を暗唱しそうになった。必死で堪える私にミリア嬢は残念そうな顔をした。

「きっと、ただのお土産ですわ。ユース様は何の言葉も言ってはくれませんでしたもの。柄尻《えじり》がハートの形にくり抜かれている素敵なデザインではありますが」

「ミリア様。『特別な日の贈り物』をお貸しします。読んでみてください。きっと、ユース様の気持ちがわかりますよ」

私はそのスプーンが何かピンと来ている。でも、ユース様の気持ちは私が代弁すべきではないと考えた。じっくり本を読んで、ミリア嬢が彼の気持ちを噛み締めたほうがいいに違いない。

ミリア嬢はきょとんとした顔をしていたが、『特別な日の贈り物』を持って帰った。

＊＊＊＊＊

後日、ミリア嬢から手紙が届いた。

『「特別な日の贈り物」を読みました。

ルーラ様の洞察力に感嘆すると共にご配慮に感謝をいたしております。

ウェル島では、木のスプーンは「自分と結婚して欲しい」という意味を込めて贈るものなのですね。

ウェル島には指輪を贈る習慣は無く、男性が自分で彫った木のスプーンを愛する女性に贈ると本に書いてありました。

ハートの形は愛という意味があることもわかりました。

公園での失礼をユース様に謝り、仲直りをするつもりです』

無口なユース様は、指輪を捧げて言葉を伝えなくてはいけないプロポーズの代わりに木のスプーンを贈ったのだと思う。

仲直りができそうでよかったと、ほっとしつつも私は思った。なんて恋とは面倒なものだろうと。

いちいち言葉や態度で気持ちを表さないといけない。相手に自分と同じ気持ちを期待し、求めるのが恋であるのだから。

まぁ、私には関係ないことではあるが。

『十月に備えドレスの新調などでお忙しいとは思いますが、何卒《なにとぞ》ご自愛ください』

ミリア嬢の手紙はこんな一文で締めくくられていた。

私は意味がわからないままに手紙をしまった。

第十四話　地味令嬢、没落に近づく

その夜。お父様が私の部屋へと来たのは、そろそろ寝ようとランプを消そうとした時だった。

「今、お帰りですか？」

お父様はソファに深く座り、ふぅっとため息をついた。私もお父様に向き合って座った。

「騎士団はてんてこ舞いだよ。調査に出ている者も多い。騎士業務が許可されていない私は、リーマン男爵。いや、トーマスについて取り調べ報告書の作成。もっとも、彼は黙秘を続けているから書くこともないがね。あとは、残党の情報をまとめたり。慣れない書類仕事でヘトヘトさ」

「早くお休みください。私の心配はもういいですから」

癖である暗唱がまさか、こんな大きな出来事に繋がるなんて。私は言葉というものの重さを再び痛感した。

「調査の進展をルーラに話しておこうと思ってね。机の上の本はラクザ王国関係の本ばかり。気になっているだろう？」

「お見通しでしたか。何かわかったのですか？」

前のめりになった私に、いつになく真剣な表情でお父様は話し始めた。

「わかったのは、トーマスの協力者だ。彼の話で我々がリーマン男爵と呼んでいた男はトーマス、ラクザの守護神で間違いないと確証が得られた」

「協力者がいたのですか！」

「ノースタニア王国の国王一家が殺害された事件の内通者が、ラクザ王国からの亡命貴族だとの情報があった。そこで、我が国も同じように亡命貴族に徹底的に尋問を行ったのさ」

「で、その協力者は……」

どんどん前のめりになる私に、お父様はやれやれという表情を浮かべている。

「オランドという若い騎士だ。父親がラクザ王国からの亡命貴族だよ。どうやら、国が亡びる直前に数人の貴族が復讐を誓って連合軍に参加した国々に亡命したようだ。彼らはそれらの国々に入り込み、トーマスからの連絡を待っていた」

「つまり、ラクザ王国の残党達は随分前から復讐を企んでいたということですね」

だとすれば、彼らの計画は周到で考え抜かれたものだったはず。

ノースタニア王国には申し訳ないが、我がエスプランドル王国で何もなくてよかったと思ったのもつかの間、お父様はひどく暗い表情をした。

「四月の侵入者はノースタニア王国同様、国王御一家の殺害を狙っていたというのが、今までの我々の考えだった。内通者はラクザの守護神、トーマス。そして、彼が残党のリーダーだとね。だから内通者でもあるリーダーを失ったラクザ王国の残党は、もう何もできない。そう、考えていた」

「はい。私もそう思っていましたが……」

この推測は、私を安心させていた。

国王一家。つまり、エドワード王子に何の危害も加わることはないのだと。

「ところが、だ。残念ながら、ここにきてトーマスの計画が何だったかがわからなくなった。四月の侵入者の狙いは城の魔法使い二人の内一人を攫《さら》うこと。オランドはそう言った」

お父様の話によると、侵入者三人は商人とその使用人を装っていた。

商人に扮していた男は魔法使い。魔法使いはラクザ王国の残党の中で、トーマスに次ぐ地位、副官にあたる者だそうだ。残り二人はラクザ王国の元兵士であった。

三人の侵入者を城内に入れたのは、もちろん、トーマスと協力者であるオランドだ。

その日、彼ら二人は城内に出入りする者の身分や荷物を確認し、入城証を渡すという業務を城の入り口で行っていた。だから三人は容易に城の中に入ることができた。

三人は、魔力を込めて使う貴重な魔法道具が入っていると見せかけた大きな箱を荷車で運んでいた。

「魔法道具を見せに来た。話は通っているはずだ」と、城の魔法使いの研究室に入る計画だった。

城の魔法使いは城内に研究室を構えて、魔法の研究や自身の魔力の鍛錬を行っているのだ。

研究室に入ってすぐに副官が魔法で城の魔法使いを眠らせて、魔法道具の箱に入れて連れ去るつもりだったらしい。

しかし、思いもよらないことが起きた。

「月桂樹の葉があなたに渡されますように」。途中ですれ違った城の使用人が言った我が国特有の商人の挨拶。これに答えることができなかったのだ。

人間のふりをした精霊が人間の店に買い物に来ることがある。精霊は金を差し出すが、精霊が去った後にそれは月桂樹の葉に変わってしまう。ただし、葉には精霊の加護がかけられていて、その店は繁盛する。こんな伝説に基づく挨拶である。

この挨拶には「精霊のご加護を」と答えるのが正しい。

商人の下げる入城証を下げ、我が国の商人の服装をしている男達。それなのにおかしいと、その使用人は近くで城内の警備をしていた騎士に相談をした。

その騎士が念のためにと三人に声をかけた途端、三人は逃げ出したのだという。

トーマスとオランドは、彼らを捕らえる素振りを見せつつ逃げ切れるよう誘導していたそうだ。

「なるほど。侵入者に魔法使いがいれば、この計画は容易に進むはずだった……。でも、城の魔法使いを狙ったのはどうしてですか？　確かに貴重な存在ではありますが」

今の世には、魔法を使える者はほとんどいない。

我が国では国王に仕える若い魔法使い二人、あとは年老いた魔法使いが城下で魔法薬店を営んでいるだけではないだろうか。

火、水、風、土と魔力には属性があり、属性ごとに使える魔法が変わる。

城の魔法使い二人が火の魔力属性を持つことは公にされているが、戦争などの非常時に備えてその魔力のすべてが明らかにされることはない。限られた者しか知らない機密事項だそうだ。

なお、彼らはかなりの高給取りだそうで、私が持っている初級魔法の本にも、『もしも魔法が使えたら、あなたは幸運《ラッキー》、目指せ！　夢の高収入』という帯がついている。

「トーマスは、この国に特別な魔法の使い手がいるに違いないと話していたそうだ。それは城の魔法使いのうち、この国出身で魔力が強い一人に違いないとね」

「特別な魔法とは？　確かに、城の魔法使いの魔力属性は全て明らかにはされていません。攫うのが手っ取り早いと思ったのかもしれませんが」

「わからない。トーマスが魔法使いを攫って何をするつもりだったのか、逃げた副官の行方も。再度、彼の復讐計画を調べる必要がある」

トーマスが考えていた復讐は、国王一家の殺害ではないようだ。その点だけには、私はほっとした。しかし、彼の復讐計画が何なのかわからないのが恐ろしい。

死神のようなトーマスの暗い目を思い出して、私は急に体が冷えるのを感じた。

「一体、何を企んでいたのでしょう？」

「トーマスは四月の失敗の後、時期が来たらまた協力するようオランドに言ったそうだ。何かまだ企みがあったのだろうね。オランドが知っているのはここまでだ」

「他に手がかりがあればいいのですが」

と言って、私はあることを思い出した。

「騎士団では、五月に西方のリーズ王国であった魔法使いが攫われた事件がこの件に似ているという話が出ている。でも、ラクザ王国の残党の仕業かはわからない。ちゃんと調査をするから安心を……ルーラ？」

私の異変に気付いたお父様が私の名を呼ぶ。

きっと、私の顔は蒼白のはずだ。そうなるほどに驚愕すべきことを私は思い出してしまったのだった。

「お父様。リーズ王国の件は彼の計画とはおそらく無関係。彼らが捜していたのは、魅了魔法の使い手かもしれません」

震える声で言うと、お父様は驚きの目を私に向けた。

お父様の顔は、心なしか青ざめているように感じる。

「そ、それはどういうことだい？」

「魔力属性は血で引き継がれることが多いそうです。『初級魔法入門』にも書いてあります。『ディライト家系史』に記載がある魅了魔法の属性は魅了。使うには、強い魔力が必要だとも記載されています。次に『ディライト家系史』の一文を思い出してください」

私は大きく息を吸い込み、暗唱を始めた。

『その魔女は、北の大国から逃げてきたと言った。魔女は北の大国の最後の魅了魔法の使い手だった。

初代の容姿の美しさに惹かれた魔女は自ら求婚した。初代は魅了魔法のかけ方を教えること、平民である自分を貴族にすることを彼女との結婚の条件にした。

魔女は初代に魅了魔法のかけ方を教えた。そして、ある貴族に魅了を使い、虜にして初代に手柄を立てさせた。結果、初代は男爵の地位を賜った』

これは、『ディライト家系史』に記された千年ほど前のディライト家初代当主と魔女の話である。

こうして、家系史に魅了魔法が記されることになったのである。

「北の大国。それは、ラクザ王国のことかと。我が国の北にあり、かつては多くの国々を支配下に置いた強大な国です」

「まさか……」

私は再び頭に一冊の本の表紙を浮かべ、口を開いた。

「他にも、こんな話があります。『外国の伝承』という本の『逃げた魔女』という話です」

『昔、魔法と薬で栄えた多くの魔法使いと魔女達が住んでいる国があった。

大きな戦争があって、気が付けば魔女は一人ぼっちになっていた。

悲しくなった魔女は南の国へ逃げ出した』

自分で思い付いたこととはいえ、暗唱する私の声は驚きと動揺で震えていた。

「この話の魔女は、我が家の初代と結婚した魔女かもしれません。我が国はラクザ王国からは南。そして、魔法と薬で栄えた国はラクザ王国でしょう。千年以上前のラクザ王国は『魔法と薬で多くの国々を滅ぼした』と古い歴史書に記載があります」

「つ、つまり……。彼らは『逃げた魔女』の子孫がこの国で魔法使いとなり、魅了の使い手となっていると考えた。だから、我が国出身で魔力の強い魔法使いを狙ったということ？」

「私の推測です。何のために今更、魅了魔法の使い手を探しているのかはわかりませんが」

お父様は、目を閉じてしばらく黙っていた。

ゆっくりと目を開けたお父様は、決意したようにきっぱりと言った。

「ルーラが魅了魔法の使い手だと知れたら、ルーラに危険が及ぶ可能性があるな。魅了魔法はしばらく禁止だ」

お父様はまだ勘違いをしているようだ。私は大きなため息をついた。

「お父様。私、魅了は使っていません……。それよりも、我が家に伝わる魅了魔法の件を国へ報告したほうが良いのでは？　トーマスの復讐計画を明らかにする手掛かりになるはずです」

「しかし、それでは我が家は即没落するかもしれない。しかも、普通の没落じゃない。醜聞にまみれた没落さ。あぁ。ラクザ王国の残党の副官を逃したとわかった今、それだけでも没落にぐっと近づいているというのに」

お父様の言う通りである。

魅了魔法を国に報告すれば、ディライト家の歴史が明らかになる。

魅了の存在を隠してきたこともあるが、最も問題なのは五百年ほど前からディライト家がついてきた嘘だ。

それは醜聞を招き、我が家の没落へとつながるだろう。

「よし、決めた。侵入者を逃した時点で没落は決まっている。どうせなら潔く行こう。団長に全てを伝えるよ。しかし、我が家を支えてきた魅了魔法を失うことも没落も確定だな」

しばらく考え込み、やっと口を開いたお父様の声には覚悟と落胆が入り混じっていた。

「残念ながらそのようです」と言おうとして見たお父様の緑色の目は、悲しげに揺れていた。

第十五話　地味令嬢、気分転換に出かける

「ディライト侯爵夫人、お久しぶりです。こちらは私よりのサービスです。今日のような服装もお似合いですね」

お母様と一緒に入ったカフェでのこと。

お母様の普段は着ない平民のようなワンピースを上から下までぼうっと見て、ウェイターは注文していないケーキをお母様の前に置いた。

「あら。いつもありがとう」

「い、いえ。またいらしてください」

お母様に笑みを向けられ、彼は顔を真っ赤にしている。

こんな所にもお母様のファンがと思いながら、私は彼が私の前にも置いてくれたケーキを口に入れた。

今日、私はお母様と街に来ている。これは、お母様の気分転換のためなのだ。

＊＊＊＊＊

我が家に伝わる魅了魔法の件、トーマスが魅了魔法の使い手を攫う計画をしていたのではないかという推測はお父様が騎士団長へと伝えた。

今日は、お父様が宰相など偉い方々の前で魅了魔法についての正式な報告を行うという。

あくまで報告だとは言うが、その場で糾弾《きゅうだん》されて没落が確定する可能性は限りなく高い。

なぜなら、『ディライト家系史』に記載がある五百年ほど前の話は、この国ではあまりにも有名だから。

『隣国ランドール王国との戦時中。より高い爵位を望んだ父親の「自身の容姿と魅了魔法を使い、王子を射止めて戦争を止めよ」という命により、ディライト家の娘ルイーザは踊り子としてランドール王国のユーヤ王子に近づき、魅了魔法をかけた。

魔法の力によってユーヤ王子はルイーザとの婚姻を望み、婚姻により和平を結びたいと申し出て、戦争が終わった』

しかしながら、公に知られている話はこうだ。

『愛国心が厚いディライト家の娘ルイーザは、踊り子に扮して敵地の情報収集に行った。そこでユーヤ王子とルイーザは恋に落ち、ユーヤ王子はルイーザとの婚姻によって和平を結びたいと申し出た』

　どちらの話も最後は同じ。

『エスプランドル王国の王は、当時男爵であったディライト家を「ディライト家は愛で戦争を止めた」と褒め称えた。こうして、ディライト家は侯爵の爵位を賜った』

　これが、我が家が『容姿で成り上がった家』と言われる理由の一つでもある。

　そして、これがディライト家は五百年もの間、この国の人々についてきた嘘。

　我が家には愛国心などはなく、ルイーザとユーヤ王子の間に愛なんてない。ただ、高い爵位が欲しかっただけ。

　この嘘が知られれば、ディライト家にまつわる話は全て魅了魔法に結び付けて噂され、魔法で爵位を手に入れたとなじられるだろう。

　そして、そんな手段で手に入れた爵位を返せと言われることは必須。つまり、『醜聞にまみれて没落』は確実なのだ。

　そんなわけでここ数日、我が家には重苦しい雰囲気が立ち込めていた。

　そんな雰囲気に耐えきれなくなったのか、今朝、お母様が突然言った。

「ルーラ。気分転換に街へ行きましょう」

　国に報告する以上、もう魅了魔法は使えない。

　エドワード王子がおかしな素振りを見せたら真っ先に疑われるだろうから。

そもそも、没落はもう確定。今更、王子に魅了魔法を使っても意味がない。

というわけで魔力発動の練習は不要となり、夏休み中の私には時間はある。だけど、屋敷の外には出たくない。私は街に行くことを渋った。

でも、お母様に涙目で訴えられて私は「はい」と言ってしまったのだった。

アランは家庭教師が来る日なので、家で留守番をすることになった。

お母様は出発前、なぜか平民に見えるようにと服を必死で選んでいた。ちなみに私は何も言われなかった。普段の服からして地味だからだろうか。

＊＊＊＊＊

「あぁ。楽しかったわ。さぁ、最後は魔法薬店ね」

カフェを出た後もあちらこちらの店へと立ち寄ったお母様は、夕方にようやく満足したように言った。

気分転換に派手に買い物をすると思っていたが、お母様は何も買わなかった。

食事のメニューだけでなく、買い物も没落に備えて控えているようだ。

「魔法薬店？　お母様、体調が悪いのですか？」

魔法薬は通常の薬に魔法使いが魔力を注入したもので、通常の薬の数倍の効果があるとされている。魔法使いが少ない今では、とても高価なものだ。

「近頃、旦那様がお疲れのようだから滋養強壮の魔法薬を買うのよ。節約しているけれど、旦那様のためなら奮発するわ」

「きっと今日は特にお疲れになって帰宅するかと。しかし、魔法薬店はこちらではなかった気がしますが」

王都には魔法薬店が一軒ある。確か、目抜き通りに面していたはず。

しかし、お母様が進む方向は王都の目抜き通りをとうに越した下町のような所である。

「十年ほど前まで城の魔法使いだった方のお店に行くのよ。何かの研究のために各地を回っていらしたの。それがつい最近、王都に戻られてお店を開いたとお茶会で聞いたの。元々、貴族嫌いで偏屈。そう知られている方よ。お名前はアレックス様」

「貴族嫌いで、偏屈。もしや、それで平民の服ですか？」

「もう、貴族には魔法薬は作らないと聞いたのよ。職を辞されたのは貴族が原因だから。なんでも、アレックス様はある村で疫病が発生したと聞いて、無償で魔法薬を配ろうとしたらしいわ。でも、それを領主である貴族が奪ったそうなのよ。領主とその家族があってこその平民だと。結果、村では疫病が流行り、多くの人が亡くなったそうよ」

「それは、ひどい……。それで貴族に絶望して、職を辞されたということでしょうか？」

お母様は少し悲しそうに頷いた。

私は複雑な気分になりつつも、やっとお母様が平民の服を着た理由がわかった。

「とにかく、今日は旦那様のためになんとしてでも薬を買うわよ。アレックス様の作る魔法薬は通常の薬の十倍ほどの効き目と、昔から評判だったのだから」

「十倍！　それは凄いですね」

魔法薬は、通常の薬に魔力を注入したもの。

効き目は作る者の魔力量により異なる。普通の魔法使いが作る魔法薬は、通常の薬に比べて三倍ほどの効果だという。十倍の効果ということは、かなりの魔力の持ち主だ。

魔法薬の瓶は特殊な瓶で、その瓶に入っている限り注入された魔力が無くなることはない。

なお、古代には体の傷や病を治癒する魔法があったとされるが、今では失われている。

魔法薬店に向かう道すがら、私は貸本屋の横を通り過ぎた。

貸本屋へは貴族はあまり行くことが無い。本は魔法薬よりは安いが、高価な物のひとつだ。平民は貸本屋で本を借りる者がほとんどである。

今後は私も貸本屋を利用せねばと思いつつ横目で見ると、店先にこんな手書きの張り紙が貼ってあった。

『エドワード王子ご推薦！　『戦争を止めた愛』、近日貸し出し開始！』

エドワード王子という名で、私は思わず足を止めた。

だけどお母様がずんずんと先を歩いて行くので、じっくりとその張り紙を見ることは叶わなかった。

＊＊＊＊＊

魔法薬店は魚市場の魚屋の二階という突拍子もない場所にあった。話通り、アレックス様はかなりの偏屈者のようだ。

生臭い匂いに慣れないお母様は鼻をつまみ、「旦那様のため」と言いながら市場の中を進んだ。私は本で読んだ魚の腐った匂いを嗅いでみたくて、料理長にお願いをしたことがあったから平気だったけれど。

そうして、やっと着いた魔法薬店。店の中はガランとしていた。

机と椅子、そして本が並べられた棚があるのみ。とても魔法薬店とは思えない。

店に入るなり、私とお母様は足を止めた。

「今日は閉店だ。少々疲れた。帰ってくれ」

アレックス様と思われる白髪に白い顎髭《あごひげ》の老人が先に店にいた男性客にこう言い放ったからである。

男性は一瞬、唖然としたよう。だが、踵《きびす》を返して店の奥へと歩き出したアレックス様の背中に叫んだ。

「待ってくれ！　妻が困っているんだ。ひどい偏頭痛持ちで。今日中に薬が欲しい」

「今日はもう作らん。明日にしてくれ」

アレックス様は振り返りもしない。

偏屈じじい。お母様がいなかったら本で覚えた汚い言葉を言ってしまったかもしれない。でも、お母様が悲しみそうなので私はぐっと堪えた。

「頼む。本当に困っているんだ。妻は週に三度は家事も手につかないほど頭が痛む。医者に行っても問題ないとは言われるんだが、明日は子どもの結婚式だ。頭痛がしたとしても、魔法薬を飲ませて式を楽しませてやりたいんだよ」

アレックス様は足を止めず、やがて奥の部屋のドアがパタンと閉まった。

男性客は困り果てたという表情で立ち尽くしている。

「あら。困ったわね。どうしましょう」

お母様は青い目を潤ませて、オロオロとしている。

私達の薬はいいとしても、この人の分は何とかならないのだろうか。

明日が子どもの結婚式だというのに、これではかわいそうだ。そう思った時、私の頭に一冊の本の表紙が浮かんだ。

『医者のこぼれ話』という本である。

『偽薬《ぎやく》は本物の薬と同じ効果を示す場合がある。

本物の薬だと思って飲めば、偽の薬も効くことがあるのだ。

例えば、高価な薬と安価な薬の話がある。高価な薬の方が安い薬より効くと普通の者は思うだろう。そこで、腹痛の患者に安価な薬を高価な薬だと偽《いつわ》って渡したところ、「いつも飲んでいる安価な薬より、今日の薬は効き目が良かった」と患者は言った。

もう一つの例を挙げる。転んでけがをして泣く子供に、「痛みがとれる魔法の薬だ」と言って飴玉を与えたら、子供は、「痛くなくなった」と言った』

暗唱を終えた私の顔を男性客が怪訝な顔で見ている。

「どうでしょう？　これなら偏屈じ……いえ、魔法使いは不要です。魔法薬の瓶を購入して、普通の薬を入れる。これだけで魔法薬と同じ効果がでる場合があるのです。病にもよりますが、偏頭痛なら有効かと。ただし、奥様に魔法薬だと絶対に信じこませてください」

「でも……」

男性は何かを言いかけたが、言い終わる前に奥の部屋のドアがガチャリと開いた。

「フォッフォッフォッ。偽薬ですか。こりゃ、お嬢さんにやられましたな。素晴らしく良い考えじゃ。これなら、魔法使いは不要。誰でも魔法使いになれる」

アレックス様はゆっくりと私達の方へとやってくる。

「あ、あの……」

男性を助けたい一心だったが、まさかアレックス様に聞かれていたとは。戸惑う私の前でアレックス様は足を止めた。

「いやはや恐れ入った。長年のわしの悩みが解消じゃ。魔法使いの数は増えない。弱い者達のために働く魔法使いもいない。わし一人の力ではどうにもならないと困り果てておったところ。症状にもよるが偽薬ならある程度、楽になる者もいるじゃろう」

フォッフォッフォッフォッと、アレックス様は嬉しそうに笑った。

「一体……？」

「ある悲しい出来事があって以来、この十年、研究の合間に国中の村々を回って、魔法薬を配っておる。病に苦しむのは貴族だけではないからの。しかし、魔法薬の作り手が一人では限度がある。偽薬は使いようによっては、大きな助けになりそうじゃ。お嬢さんの言葉は、まさに目から鱗《うろこ》。感謝しますぞ」

「魔法薬を配る？」

首を傾げていると、男性客が申し訳なさそうな顔をした。

「俺がこの方に無理言ったから、お嬢ちゃん、きっと勘違いしちまったよな？　ここは貧しい者には無償で魔法薬を作ってくれる店だ。この方は貧しい農村に自ら行き、魔法薬を無料で配る素晴らしい方だぜ」

「えっ……。そうだったのですね」

アレックス様の言う悲しい出来事とは、お母様が言っていたアレックス様が職を辞したきっかけだろう。

村々を回って魔法薬を無料で配る。そんなこと、普通の人には到底できない。

魔法使いの数は少ない。高価な魔法薬を売れば、当然、儲かる。無償で魔法薬を配るアレックス様は、無欲の聖人だと言ってもいい。

そして、確かにアレックス様一人で魔法薬を作り、配るのには限界がある。

それならば、やはり場合によっては、偽薬は役立つかもしれない。病によっては、魔法薬が届くまでの一時を偽薬で凌《しの》げる人はいるはずだ。

「いや。すまん。今日は少し魔法薬を作り過ぎてな。年寄りには魔力の使いすぎはきつい」

「す、すみませんでした。私、勘違いしていたようで」

頭を下げながら、私は恥ずかしさのあまり真っ赤になった。もちろん、心の中で偏屈じじいと呼んだことも謝った。

「お嬢さんは面白いの。久しぶりに楽しい気分になったぞ。向こうのお母様を見ると、まさか貴族？　いや、お嬢さんは裕福な平民の子といった感じじゃ。ところで、何の薬が欲しいのじゃ？　そっちの者とお嬢さんの分、二人分くらいは頑張れば何とかなる」

私達の様子を見ているお母様の方をアレックス様はチラリと見た。

「じ、滋養強壮の魔法薬をいただきにきたのですが」

「まぁ、嬉しい。ありがとうございます」

お母様の顔にはいつにもまして美しい笑顔が浮かんでおり、今更、貴族だとは言えなかった。

その後、「良いことを教えてもらったお礼じゃ」と代金を受け取ろうとしないアレックス様に無理やり魔法薬代を渡し、私とお母様は帰宅したのだった。

＊＊＊＊＊

その夜。

お父様はきっと暗い顔で帰宅するだろうと私は思っていた。

しかし、私達が夕食を始めようとした頃に帰宅したお父様の顔は、予想に反して笑顔だった。

第十六話　王子、ディライト家の危機を救う

「いやぁ。エドワード殿下が助け舟を出してくれなければ、ディライト家は、醜聞にまみれて即没落するところだったよ」

食卓に座り、お父様は整った顔に満面の笑みを浮かべた。

「では、魅了魔法の件は大事にはならなかったのですわね」

お母様はほっとした様子でお父様に微笑み返し、労をねぎらうために用意していた秘蔵のワインをお父様のグラスに注いだ。

「初代と魔女の件は伝説と言っていい時代のことだから問題にはならなかった。しかも、ルイーザ様は魅了魔法を使っていなかった。なんと、エドワード殿下がそれを証明してくださったのさ」

「えっ？　魅了を使っていない？」

『ディライト家系史』には、はっきりとルイーザは魅了魔法を使ったと書かれている。

「エドワード殿下がいろいろと調べてくれていてね。私も殿下の話を聞いて驚いたよ」

お父様はワインをグイッと飲み干すと、話し始めた。

＊＊＊＊＊

報告会の始まりは荒れていた。

「ディライト家は、魅了魔法のことをずっと隠しておった訳ですな。魅了はほとんど文献に残されていない貴重な魔法。さっさと報告していればよかったものを」

「多くの国民が知っている愛で戦争を止めたという話が魔法によるものとは。これは、大事ですぞ。訂正が必要です。そんな姑息《こそく》な手段で手に入れた爵位など、返して当然です」

魔法使い、大臣達は口々にお父様に非難の声を上げた。

宰相をはじめ国の役職者達が座るテーブルで、お父様は冷汗が止まらなかった。

「わ、私どもも、まさか魅了魔法が本当のことだとは思っておらず。しかも、まさかラクザ王国の残党が魅了魔法の使い手を探していたとは……」

しどろもどろで説明をするが、声は止まなかった。

愛で戦争を止めたという話を根本から覆す事実は、衝撃的なものとして受け止められたのだ。

しかし、その声はエドワード王子によって止められた。

「いい加減にしないか。今日集まったのは、ラクザの守護神、トーマスの復讐計画について話しあうため。魅了魔法の使い手を攫おうとしたという推測は正しいかもしれない。だからこそ、ディライト侯爵に魅了魔法について説明に来てもらったのだろう?」

王子は国王より北の城門の幽霊騒ぎを解決したことを評価されており、国王の代理で出席をしていた。

「しかし殿下、こういったことは報告してもらう義務がありますぞ。魔法研究の参考になりますし」

「そうですぞ。歴史的事実を隠していたとは。しかも、爵位を得るために魔法を娘に使わせたなんて。良い機会ですし、ディライト家の爵位について検討しましょう」

テーブルから聞こえたそれらの声に、エドワード王子は威厳ある口調で答えた。

「ディライト家の爵位は、魔法によるものではない。本当に愛で戦争を止めたのだ。本来ならば、先ほど言った内容を議論したいところ。だが今日は、私が調べた真実を話そう」

王子は目を閉じると、ある本の文章の暗唱を始めた。

『ユーヤ王子は戦争が始まる二年前、エスプランドル王国へ遊学していた。

その際に、エスプランドル王国の王都のとある店で美しい女性に出会った。それが、ルイーザ・ディライトだった。

彼女に好意を持った王子は、彼女の屋敷を突き止め密かに手紙を届けさせた。

王子が帰国した後も二人は密かに連絡をとっていた。しかし、戦争が始まってしまった』

王子の暗唱が終わると、テーブルは騒めいた。

「なんですそれは？」

「本でしょうか？」

「今、話題の『戦争を止めた愛』というユーヤ王子について書かれた本だ。知らぬか？」

そう言うと、王子はまた目を閉じた。

『ユーヤ王子の日記。ランドール歴一五〇年七月八日。

国境を父親の協力で越えたルイーザが、踊り子に扮して私に会いにきてくれた。

命の危険を犯してまで私を訪ねてくれた彼女の愛に応えたい。戦争で功績を立て、王に認められようと考えていたが、戦争は命を奪うものだ。私と彼女は、生きては結ばれないかもしれない。それでは無意味だ。何を言われても、戦争をやめることを提言しようと思う』

ある大臣がわかったというように声を上げた。

「なるほど。本によると、二人は戦争前から愛しあっていたということになるのですな」

「その通り。『ディライト家系史』にあるように、ルイーザが踊り子に扮してユーヤ王子に会いに行ったことは事実のようだ。だが、純粋な感情がそこにはあった。そして、その行為が戦争を止めるきっかけになったのだ」

「その『戦争を止めた愛』とは？　どこで出されている本なのですか？」

「『戦争を止めた愛』という本は、隣国、ランドール王国で出版されたユーヤ王子の伝記小説だ。女王の指示で出版され、王室が出版元になっている」

「あぁ、ランドール王国は昨年、年若い女王が即位されましたな。確か、前王が妻と王位を捨てて若い愛人との結婚を選び、かなりの騒ぎになったはずです。国民からは、愛人のために王位を投げ出すような汚れた王室は支持できないと言う声も多く出たとか……」

そう言った外交担当の大臣をエドワード王子はにらんだ。いつもは穏やかな王子の鋭い目に大臣はすぐに口をつぐんだ。

「この本は、有名な愛の物語を使ってランドール王国の王室のイメージを上げるためのものだそうだ」

王子の言葉にテーブルに座る者達からは再び否定的な意見が出た。

「しかし、本になどいかにでも嘘が書けますぞ」

「そうです。物語は美しく書くものです。しかも、女王の人気を上げるための本なら、脚色されているはずです」

しかし、王子はそんな声など聞こえないといった様子で語気を強めた。

「ランドール王国の女王と連絡をとり、本の内容について確認した。日記は本当に残っているものだそうだ。それに、ルイーザが踊り子としてユーヤ王子に会いに行ってから和平の親書が届くまで、一年の時間が経っている。魔法の効果とは、それほどまでに長く続くものか？　魔法使い、答えよ」

「いいえ……。魔法の効果はせいぜい二日か三日、魔力が強くても五日間が限度かと。傍でずっと魔法をかけ続ければ別ですが。魅了の資料はほとんどありませんが、魔力はいつの時代も考え方は同じ。魅了魔法も効果の時間は同じだと思われます」

王子の様子に圧倒された城の魔法使いが小さな声で答えた。

「つまり、ルイーザは魅了魔法を使っていないと推測される」

わかっただろうと言うように王子は鋭い目でテーブルを見渡した。

「な、なるほど……」

大臣たちは反論のしようがないというように頷いた。

「この本はランドール王国との友好のためにも、すでに我が国で出版することが決まっている。この意味はわかるか?」

再び鋭い目をテーブルに向けた王子に答えたのは、文官長であるミリア嬢のお父様だった。

「ランドール王国の王室のイメージ回復のため、我が国が力を貸す。本の出版は、このために決まったもの。これは、今後行われる絹の関税交渉を優位に進めるための殿下の策です。すでにランドール王国の女王からは感謝の言葉が届いております。絹の関税の件は考慮するとも、そこにはありました」

「この話はもうやめましょう。殿下のお話や本の内容によれば、愛で戦争を止めたというディライト家の功績は本物。そもそも五百年も前のことです。今更、爵位をどうこうという話をしても仕方がないのでは?」

エヴァン様の父親である宰相が言い、ディライト家の爵位についての話は終わった。

＊＊＊＊＊

「というわけで、我が家は醜聞にまみれることもなく、即没落もしない。むしろ、そんな本が出版されたら、我が家の評判は上がるかもしれないね」

お父様はよっぽど気分がいいのか、またグラスのワインを飲み干した。

「『ディライト家系史』は正しいとずっと信じておりました。魔法の効果が続く時間までは、考えたことがなかったですわ」

お母様は声を弾ませている。私も全く同じ気持ちだ。そこまで考えたことはなかった。

「『ディライト家系史』の記載からして、ルイーザ様が魅了魔法を使うよう命じられたことは本当だと思います。でも、ルイーザ様はその命令を利用して、父親に隠していた恋人、ユーヤ王子に会いに行った。そんなところでしょうか?」

「よし、『戦争を止めた愛』を買って騎士団で配ろう。私の株が上がって没落が回避できるかもしれない。なんせ、今回は回避できたけど、副官を逃したせいでまだ没落の危機ではあるのだから。ルーラの魅了はもう使えない。でも、やれるだけのことはやろうじゃないか」

お父様はやる気に満ちた緑色の目をキラキラとさせた。

エドワード王子が助けてくれた。そう思うと私の胸にはじわじわと温かい気持ちが広がった。

王子が話したのは、街で見た『エドワード王子ご推薦』の張り紙があった本に違いない。まさか、ただの煽《あお》り文句ではなく本当に推薦していたのだろうか。

もしや、我が家の没落危機を知ってのことだろうか。いや。そんなはずはないと思うが……。

「そうだ。帰り際に宰相様に呼び止められたよ。『取り巻きに強く言えない様子だと聞いていた弱気なエドワード殿下がまるで別人のようですな。この変化は、ルーラ嬢のお陰でしょうね。お二人が並んで立つ日が待ち遠しい』とおっしゃっていた。どういうことだろうね？」

「さぁ……？」

その言葉の意味はわからないけれど、醜聞にまみれた没落は避けられた。

あとは、お父様の処分を待つだけだ。

こちらはトーマスの件でバタバタとしているせいか、まだ猶予がありそうだ。

お父様はまだ没落回避を諦めていないようだし、私もできるだけのことをしよう。

だけどその前に明日からは学園が始まる。私はそう思い、途端に憂鬱な気分になった。

第十七話　地味令嬢、人気者になる

翌日の朝、私は暗い気持ちでベッドから出た。

夏休み前の学園のパーティ。これこそが最大の憂鬱の原因である。

学園に行けば、ドレス姿のことをけなされ、暗唱をしてしまったことを気味悪がられているだろう。

ため息をつきながら着替え、食堂へ向かうと、お父様がもう朝食を食べていた。

「おはよう。いやぁ、昨日の薬は素晴らしいね。早起きしてしまったよ。さすが、アレックス様の魔法薬だ。私のために魔法薬を買って来てくれた素晴らしい妻と娘に改めて感謝の言葉を捧げるよ。辛い事務仕事の手伝いもがんばれそうだよ」

お母様は昨日、お父様にアレックス様の作った滋養強壮の魔法薬を渡していた。お父様は早速飲んだようである。

「おはようございます。それはよかったです」

お父様はなんだか若返ったようなつやつやとした顔をしている。今日、もし城門の警備に立ったら新たな伝説を作れそうだ。

どうやら、アレックス様の魔法薬の効果は評判通りだったようである。

「そうそう。トーマスの復讐計画の解明は、エドワード殿下が指揮をとられるよ。学園もあるし、殿下もお忙しくなるだろう。しかし、解明は困難だろうね。城の魔法使いは若く、経験が少ない。トーマスが魅了魔法の使い手を探していた理由はわからないようだから」

「魅了魔法の使い手を攫えなかったのにオランドに何かを頼むというのは、計画が進んでいるようにもとれます。知識のある魔法使いがいればいいのですが」

「オランドの尋問後、殿下がアレックス様に協力を依頼したと聞いた。でも、研究が終わったら協力してやってもいいが、今は無理だと断られたそうだよ」

北の城門の幽霊騒ぎのように私がエドワード王子に力を貸せたらいいのに。だけど、私にはそこまでの知識はない。王子を助けることは、私にはできない。

王子のために何かしたいという妙な焦燥感《しょうそうかん》を覚えて、私は不思議に思った。

どうも夏休み前から私は変だ。彼のことを考えることが多くなってる気がする。

昨日の夜だって、ベッドの中でルイーザが魅了を使っていなくてよかったとほっとしている自分に気付いた。

私もお父様に命じられ、王子に同じことをしようとした。エドワード王子に対する後ろめたさのようなものを感じていたのかもしれない。

だけど、それよりも、愛は魔法で作られたものではなかった。そうと知ったら、魅了なんてなくても大丈夫だと安心したようなのだ。そこで不思議なことにまた、エドワード王子の顔が浮かんできたのだった。

「研究？」

「『飲む魔法』という薬の研究らしい。各地を回っていたのも、資料が少ないその薬に関する文献を探すためさ。でも、断ったのは本当に研究が理由かはわからないよ。貴族嫌いで偏屈で有名なお方だから」

そういえば、アレックス様がそんな話をしていたなと思った時、お母様が食堂へと駆け込んできた。

「ごめんなさい。夏休みだと思ってゆっくりと寝てしまったわ。今日から学校よね？」

「あぁ！　話に夢中で忘れていました！」

私は慌てて立ち上がった。

＊＊＊＊＊

案の定、教室に入ると私の顔を見てひそひそ話が始まった。

聞こえないふりをして前方の席に座るエドワード王子のほうを見るが、私の視線には気が付かないよう。

我が家のことを助けてくれたお礼を言いたい。トーマスの復讐計画のことを話したい。お見舞いのお礼も直接言っていない。私は王子に話したいことがたくさんあるのに。

そもそも、私は王子に教室で話しかけられたことはない。

最も王子に近い場所に座り、微笑みながら王子に話しかけているのは、エリザ・デューサ公爵令嬢である。

随分前に、彼女はエドワード王子の婚約者候補に内定しているのだと聞いている。

地味令嬢より美しい彼女と話しているほうが楽しいのだろう。そう思い、私はうつむいた。

「あの、ルーラ様。この本に登場するルイーザ・ディライト様は、ルーラ様のご先祖ですわよね？」

うつむき黙っていた私は、ある令嬢に突然話しかけられて驚いた。

「えぇ。ルイーザ・ディライトは、私の先祖ですが」

彼女は確か、アンナ・トーラス男爵令嬢といったはず。アンナ嬢は手に一冊の本を持っている。

「ランドール王国におります親族が『戦争を止めた愛』という本を送ってくれました。我が国でもルイーザ様のお話として、歴史的に有名な話です。ですが、この本にはユーヤ王子の日記も載っていて。本当に素敵なお話でした」

うっとりとした顔でアンナ嬢は言うが、私には戸惑いしかない。

彼女とは話したこともないのに。『戦争を止めた愛』がよっぽど良い内容だということだろうか。

「もうすぐこの国でも出版されるとか……」

「ルーラ様にお願いがあります。この本にサインをしてください！」

アンナ嬢は手に持っていた『戦争を止めた愛』を私に差し出した。

「えっ？　あの、どうして……？」

「夏休み前のパーティで、揉め事を知性でお収めになり、前国王陛下からお言葉をいただいたとか。まるで東方の女神のようだったと聞きました」

意味がわからない。東方の女神とは美しく強い戦いの女神ではなかったか。

「と、東方の女神？　何かの間違いでは？」

アンナ嬢は私の言葉など耳に入らないよう。うっとりした目をしている。

「そのお話を聞いて、ルーラ様のようになりたいと思いましたの。そこで、ルーラ様のサインをご先祖であるルイーザ様とユーヤ王子の愛の物語にいただきたいのですわ」

「えっ？」

「本を渡しておきますので、サインをしておいてくださいませ」

思っていた方向とは、随分と違う方向へ話が行っているようだ。私はどうしたら良いかわからず、差し出された本を手に取った。

そうこうしている内に、私とアンナ嬢を遠巻きに見ていた令嬢達が集まってきた。

「ずるいですわ。私もルーラ様のサインが欲しいですわ」

「ルーラ様、あの日は素敵でしたわ」

「前からとても知性的な方だと思っていましたわ」

次々に声を掛けられ、私は目を白黒とさせた。

＊＊＊＊＊

「ルーラ様、私の悩みを聞いてください」

「私の悩みもお願いしますわ」

学校が始まって二日目。

昨日は午前の朝礼だけで学校が終わり、今日から通常の授業である。

私は休み時間の度にクラスの令嬢達に囲まれ、うんざりしていた。

「ルーラ様はその聡明さでどんな問題も悩みも解決する方だと皆、言っておりますわ」

「パーティで揉め事を解決したような聡明さで私の悩みを解決してください」

以前は痩せすぎだの地味だのとけなしていたのに、噂でこうも変わるものだとは。

私は呆れながらも、横に立っていた一人の令嬢に言葉を返した。

「では、お悩みというのは何でしょう？」

「はい。もうすぐ、お茶会があるでしょう？　ドキドキして眠れないのです。どうしたらスッキリと眠れますか？　眠れないので、時間を潰すために紅茶を飲んでいるのですが」

「あっ、お茶会……」

王妃主催のお茶会はもう来月だ。

エドワード王子に魅了魔法を使う期限がそのお茶会だと、騎士団職場見学までは息巻いていたのに。私には関係がない話になってしまった。

リーダーを失ったラクザ王国の残党は何もできない。こういった意見も多かった夏休み中にお茶会は慣例通り開催されることが決まっていた。

トーマスの件はラクザ王国の残党の行方もわからないことから、国民の混乱や調査への影響を考えて、まだ公にされていない。一部の国政に関わる貴族や騎士団員だけが知ることである。

「招待状が届いたらと思うと、眠れなくなってしまうのですわ」

令嬢は本当に寝不足のよう。よく見ると目にクマができている。

この国では、王子が十五歳となる年に国王夫妻、宰相と六人の大臣達、一人の国の重鎮、そして王子本人によって王子の婚約者候補が推薦される。

婚約者候補は王妃主催のお茶会に招待され、マナーや立ち振る舞いを審査される。

審査はお茶会に招かれた客達との会話を楽しむ様子を審査員が密かに見て、点数をつけるというものだそうだ。

審査員は学者や格式ある家柄の貴族達、マナー講師などらしい。

そうして、最も高い点数を得た婚約者候補が王子の婚約者になる。

婚約者候補になるとお茶会の招待状が届くから、令嬢達は自分にも招待状が届くことを期待しているようだ。

没落も近く地味な私には縁遠いことだ。私がお茶会に呼ばれることは確実に無いだろう。

「あら、眠れないのなら良いお薬がございますわ。我が家が最近、懇意《こんい》にしている商人が良いお薬やお化粧品を扱っていますの」

突然、会話に割り込んできたのはエリザ嬢だ。

彼女は薄い紫色の髪をかき上げ、令嬢達の間にするりと入ってきた。

「エリザ様……」

令嬢達の間に緊張が走る。

エリザ嬢は身分のせいかどうも高圧的なのだ。その振る舞いは、まるでもう王妃になったかのようだ。

「ルーラ様などに相談せずとも、私に言ってくだされればいいのに」

エリザ嬢は、チラリと私のほうを見て微笑んだ。美しいが私を威圧するような微笑みだった。

私は目立ちたくもないし、彼女とは関わりたくない。

彼女ににらまれでもしたら、毎日チクチクと嫌味を言われて授業中ですら教室に居づらくなるに違いない。

とりあえず、横に立つ令嬢の悩みだけさっさと解決して隠れ家に逃げ込もう。

暗唱のことを気味悪いと思うなら思えばいいと、私は『睡眠の仕組み』という本の表紙を頭に浮かべた。

「その商人は……」

それは、エリザ嬢が話し始めたのと同時だった。

『紅茶は、夜に飲むと眠れなくなる人もいる。紅茶の成分の問題である。貴族達は夜でも紅茶を飲む。そして、眠れないときはミルクティを飲むと良いという人も多い。

だが、これは間違っている。眠れない夜には、紅茶の成分が入っていないハーブティ、例えばカモミールティなどの飲み物をお勧めする』

暗唱を終えると、周囲の令嬢達が騒めき立った。

「まぁ、そうなのですか。私、夜に紅茶を飲むのを習慣にしていましたわ」

「噂通り、博学ですわね」

令嬢達に口々に言われ、私は席を離れられなくなってしまった。

エリザ嬢は私をにらみ、ちょうど教室に入ってきたエドワード王子に微笑みかけた。

今日のエドワード王子は、どことなく疲れた顔をしている。やはり、トーマスの復讐計画の調査が難航しているのだろうか。

「やっぱり、エリザ様と殿下はお似合いよね。ここ数日、公務でお疲れのご様子の殿下を癒せるのはエリザ様だけね」
エリザ嬢の取り巻きの令嬢が言うのが聞こえ、ズキンと私の胸は痛んだ。
地味令嬢の私は王子のために何かしたくても、もう何もできないのにと。

第十八話　地味令嬢、再び魔法薬店へ行く

「えっ！　まだ、招待状を送っていらっしゃらないのですか！」

「あぁ。最後の一人の推薦をいただいてからと思っている。彼には手紙を送ってあるのだが返信がない。今日にでも直接お願いに行くつもりだよ」

「無茶なことを。殿下がお願いしても、あの方からそう簡単に推薦がいただけるとは思えませんわ」

「彼はルーラのことを気に入るはずだよ。ルーラは聡明で美しい。い、いや、貴族の令嬢という感じがしないから、貴族嫌いの彼も気に入ると思う。うん。そこも、ルーラのいいところだな」

「殿下……？　とにかく、そんな遠回りをしていないで、さっさとルーラ様に自分のお気持ちを伝えて、王妃殿下を説得されれば良いのでは？　推薦人の数的にも王妃殿下さえ納得されれば、お茶会なんて不要ですわ」

「いや。僕は正当な手段で……」

昼休み。まとわりつく令嬢達から逃れ、私はやっと隠れ家へとやって来た。

先に来ていたミリア嬢とエドワード王子が何やら話していたようなのだけど……。

「あの、お二人とも何の話ですか？」

「なんでもないよ。じゃあ、僕はこれで」

王子は私の顔をちらりと見ると、行ってしまった。

今日も疲れた顔をしている王子。それなのに、私は何の力にもなれず、エリザ嬢のように彼を癒すこともできない。

我が家のことを擁護《ようご》してくれたお礼すら言えず、私はわっと泣き出してしまいそうな気持ちで王子の出ていった木々の隙間を見つめていた。

「あら、遂にルーラ様もお気付きになったのかしら？」

ミリア嬢が何かを小さく呟いた。

私の胸は締め付けられるように痛く、聞きそびれたその言葉を聞き返すこともできなかった。

＊＊＊＊＊

その日の放課後。私は再び魚市場へやって来た。

学園から屋敷へ戻ると、お父様がすでに帰宅していた。体調不良で早引きをしたそうだ。

「ラクザ王国の残党の副官を逃したのは、やはり問題だな」と騎士団長が話しているのを聞いたせいで、立っていられないほどに胃が痛むらしい。

寝込んでしまったお父様を心配したお母様は、私にアレックス様のお店に行って痛み止めの魔法薬を買ってきて欲しいと頼んだのである。

アレックス様は私を気に入った様子だったから、侍女を行かせるよりも簡単に魔法薬を作ってくれるのではないかという算段だ。

侯爵家の侍女だと知られたら、アレックス様の貴族嫌いが発動する可能性もあるからだ。

ここ数日、一所懸命仕事をしたら騎士業務に復帰できき没落回避ができるかもと、お父様は事務仕事の手伝いで深夜帰宅の日が続いていた。

そんなお父様のためならと、私はその役目を引き受けたのである。

＊＊＊＊＊

「心の疲れで胃痛か。商売も大変じゃの。お父様によろしく」

店のドアを開けると、アレックス様は笑顔で迎え入れてくれ、すぐに魔法薬を作ってくれた。

アレックス様は私を商人の娘と思っているようである。

「しかし、何だか今日は元気がないの。何かあったのかの？　恋人と喧嘩したとか？」

アレックス様はニヤニヤしている。

「そ、そんなことは。ただ、ある人を助けたいと思っても、助けられなくて。それが悲しいのです」

どうやら、エドワード王子のことを考えていたのが、顔に出てしまっていたようだ。

「お嬢さんなら、誰でも助けられるじゃろう。わしも助けて欲しいくらいじゃぞ。お嬢さんが手伝ってくれれば、研究もはかどるじゃろうに」

「あっ、研究……」

アレックス様は『飲む魔法』の研究をしている。私はお父様から聞いた話を思い出した。

「研究が終わったら調査に協力してもいいが、今は無理」と、アレックス様は王子からのトーマスについての調査への協力依頼を断ったという。

ならば、研究を終えたら、協力してくれるのだろうか？

それなら、飲む魔法の手がかりを私が見つければいい。

一つだけ、地味な私でもエドワード王子のためにできることを見つけた。

そう思った時、私の頭に一冊の本の表紙が浮かんだ。

浮かんだ本は『外国の伝承』である。

『ある日、北の国の王様が病気になった。

そこで家来は特別な魔法をかけた薬を王様に渡した。

その薬を飲んだ王様は踊り出すほど元気になった。

でも、すべてを忘れてしまっていた。

家来は毎日楽しく踊ればいいのですと言い、王様は踊り続けた」

アレックス様は目を丸くしている。

「ど、どうして……。それは飲む魔法の伝承じゃ」

「す、すみません。私、アレックス様のことを知っています。飲む魔法の研究をしていることも。この話は、飲む魔法のことを考えて浮かんだ話です。でも、この話は知っておられたようですね」

アレックス様が知らない話なら、研究の手掛かりとなって協力をお願いできたかもしれないのに。私は肩を落とした。

「わしのことをどうして知っているのかはわからんが、その暗唱といい、お嬢さんは只者《ただもの》ではないようじゃ。飲む魔法という言葉だけでその昔話を見つけ出したとはなかなかのものじゃぞ。わしが研究を始めて三年ほどかかって見つけ出した話じゃ」

私の知識ではとても、アレックス様に協力などお願いできそうもない。やるせない気持ちでいると、アレックス様はフォッフォッフォッと機嫌良さげに笑った。

「ふむ。お嬢様は飲む魔法に興味があるのかな？　お嬢さんは随分と面白いお人のようじゃ。偽薬のお礼に特別に話してしんぜよう」

アレックス様は、飲む魔法について語りだした。

職を辞した後、アレックス様は貴族に邪魔されず困っている人々に魔法薬を届けたいと王都を発った。

でも、それは同時に飲む魔法を探す旅でもあった。

それは、古い魔法書に「飲む魔法と呼ばれた薬がかつてあった。それは、特別な薬に秘密の呪文を唱えた薬。飲めばたちまち苦しみから解放されるという」と記載されていた薬。

「苦しみから解放される」。そこからそれは、病を治す魔法の治癒薬だとアレックス様は考えた。多くの人を救うため、アレックス様は飲む魔法を作ろうと決意したのだった。

ただ、古い魔法書以外、飲む魔法について書かれた文献はなかった。

だからアレックス様は村々へ魔法薬を届けながら飲む魔法の手がかりとなる文献を探すことにしたそうだ。

初めて聞いた飲む魔法の話に私は次第に引き込まれた。

それは、今まで読んだどの本にも載っていない不思議な薬だった。

「特別な薬に呪文を唱える、ですか……。魔力を注ぐ魔法薬とは全く違いますね。でも、どんな薬なのでしょう？　本当に失われた治癒魔法のような薬なのでしょうか？」

「そう思っておった。しかし、残された文献、各地に残された飲む魔法の痕跡を調べた結果、飲む魔法は人々を救う薬ではないとわかったのじゃ」

「じゃあ、一体？」

「別の伝承に残る飲む魔法の本当の名は『悪魔の美酒』。悪魔の酒を飲んだらどうなると思う？」

アレックス様はこれまでとは違う真剣な表情を浮かべた。恐ろしい薬に違いない。私は直感した。

「殺される。そういった類でしょうか？」

「ヒントは、お嬢さんが暗唱した伝承にある」

私は先ほどの伝承を頭に浮かべ、数秒、目を閉じた。その答えはすぐにわかった。

「あっ、わかりました。悪魔の美酒を飲むと『踊り続ける』のでは？」

「そうじゃ。この伝承は飲む魔法の本質を示している。すべてを忘れて、踊り続けるというな。伝承の『すべてを忘れる』と、魔法書にある『苦しみから解放される』というのは、同じこと。この世に精神が無くなるということだとわしは思っておる」

私は胸の奥がゾワゾワっとして鳥肌が立つような感覚を覚えた。アレックス様の言う飲む魔法の本質がわかった気がした。

「精神をなくすと操られてしまうのですか？『家来は毎日楽しく踊ればいいのですと言い、王様は踊り続けた』。家来が王様に踊るように言って王様が従ったようにとれます。つまり、悪魔の美酒を飲ませて操った……」

「その通りじゃ。おそらく飲んだ者を言葉だけで思い通りにできる薬のはずじゃ」

「そんな恐ろしい薬、一体何のために？」

アレックス様の求めていた薬とはまるで違うその効能に私の鳥肌は収まりそうもない。

「この伝承は過去にある国が行っていた戦い方を示している。ただ、大国だったその国はその戦い方を千年ほど前にやめ、攻撃的な侵略国家へと変わった。何かのきっかけで悪魔の美酒を作れなくなったのじゃろうな」

「戦い方……。悪魔の美酒で国王を操って国を内部から支配するということですね。この伝承では、家来が王様を操って国を掌握《しょうあく》したということになる。では、家来はどこかの国を表しているのですね」

胸の奥のゾワリとした感覚が大きくなり、全身に広がった。攻撃的な侵略国家と言われて思い当たる国の名。それは……。

すると、アレックス様は私が考えていた通りのことを言った。

「うむ。その国はかつて魔法と薬で多くの国を滅ぼした国。ラクザ王国じゃ」

「ラクザ王国……」

私に手を伸ばすラクザの守護神の姿が頭の中に蘇《よみがえ》り、私の背筋には冷たいものが走った。

「わしの研究はここまでじゃ。十年かけてわかったのはこれだけ。まだ研究は続けておるがの。恐ろしい薬じゃとわかっても、ここまで来たら最後までやり遂げるつもりじゃ。今回、王都に戻ってきたのは、今までの研究をまとめるためじゃ」

「では、千年ほど前の呪文を調べれば、特別な薬に唱える呪文がわかるのでは……」

胸の中の騒めきが大きくなった。何かが掴めそうだ。

「お嬢さん？　どうしたのじゃ？」

アレックス様の声を聞きながら、私は目を閉じた。

バラバラだったいくつもの出来事が、頭の中で繋がっていく。

特別な薬に呪文を唱える『悪魔の美酒』。

悪魔の美酒で国王を操り内部から国を乗っ取るラクザ王国の古い戦い方。

千年ほど前、ラクザ王国から逃げてきた魅了魔法の使い手である魔女がディライト家の先祖と出会った。

同じ頃、悪魔の美酒を作れなくなり、ラクザ王国は薬と魔法で栄えた国から攻撃的な侵略国家に変わった。

そして、魅了魔法の使い手を攫う計画をしていたと思われる『ラクザの守護神』。

「魅了……」

思わず口にした言葉にアレックス様の目が大きく見開かれる。

ガタンと椅子を倒し立ち上がったアレックス様は呆然としている。

「どうして、その魔法の名を？　それは失われた魔法じゃ」

我に返った私は、咄嗟に思った。

「研究が終わったら調査に協力してもいい」。それは、今かもしれないと。

ただ、その前に約束してもらわねばいけない。

「悪魔の美酒に必要な呪文は魅了。おそらくそのはずです。これで研究は終了に近づきますよね？

魅了のことをお伝えします。代わりにどうか、城でのラクザの守護神、トーマスの復讐計画の調査

に協力をお願いします」

私はアレックス様に深々と頭を下げた。

「お、お嬢さんは何者じゃ？」

アレックス様は目を大きく見開いて絶句した。

数分後。

髭を触りながら黙りこくっているアレックス様を祈るような気持ちで見ていた私は、アレックス様がぼそりとこう言うのを聞いた。

「ふむ。いくら考えても、貴族嫌いと一緒に天秤にかけるとお嬢さんの心意気と研究欲の方が勝《まさ》るようじゃ」

＊＊＊＊＊

一時間ほどたった後のこと。

向き合って机に座る私に、アレックス様は顎髭を触って満足そうな様子を見せた。

「ふむ。確かに悪魔の美酒に唱えるのは魅了の呪文のようじゃ。まさか、ラクザの守護神が悪魔の美酒を作ろうとしておったとは」

「はい。そのはずです」

私は『ディライト家系史』や自分が知っている魅了に関する知識をすべてアレックス様に話した。トーマスのことも。

魅了魔法は門外不出であるが、すでに国には報告済みだから良いだろう。それに、エドワード王子のためなら構わない。

「しかし、トーマスの復讐計画はこれでほぼわかったのでは？　悪魔の美酒でこの国を内部から乗っ取るというラクザ王国の古い戦い方を実行する。これが彼の計画だったはずじゃ。彼らは悪魔の美酒の素となる特別な薬の作り方を知っておった。だが、完成には魅了魔法が必要。つまり、城の魔法使いを攫えなかった時点で、この計画は失敗した。そもそも、魅了の使い手はこの国にはいなかったわけじゃが」

「まだ推測です。証拠もなければ、オランドという騎士にトーマスが何を頼むつもりだったかもわかりません。逃げた副官も気になりますし」

「ふむ。あと一歩というところか。調査していくうちに悪魔の美酒の素になる薬の作り方もわかるかもしれんの。お任せあれじゃ」

フォッフォッフォッとアレックス様は笑い、私は深々とアレックス様に頭を下げた。

その時、トントン、とドアをノックする音が聞こえた。

＊＊＊＊＊

「アレックス殿。失礼します。先日お送りした手紙の件で来ました」

ドアの向こうの声は、聞き慣れた声。ここ数日、私が最も聞きたかった声だった。

「エドワード殿下？」

「先ほどの話ではお嬢さんはディライト家の……。なるほど」

笑みを浮かべながら、アレックス様はドアを開けた。

「早速で申し訳ない……。えっ？　ルーラ？　どうしてここに？」

エドワード王子の目は大きく見開かれた。

それはそうだ。まさか私がここにいるとは思っていなかっただろう。

「殿下、ご心配なく。全てご希望通りにいたしましょう。お手紙をいただいた件も、ラクザの守護神、トーマスの件の協力も」

「えっ……？　トーマスの調査にも協力を？」

「全てはルーラ様のため。ルーラ様はずっと知りたかった答えをもたらしてくれた素晴らしいお方じゃ。それに極めて聡明」

アレックス様は私と王子を交互に見つめると微笑んだ。エドワード王子は茫然とした様子で立ちすくんでる。

「ルーラ、一体何をしたの？　アレックス殿は職を辞したが、魔法使いとしての称号は賢者。未だ父上が信頼して意見を求める方だよ」

賢者と言えば、魔法使いの高位。思った以上にアレックス様は凄い方だったようだ。

しかし、エドワード王子の希望とは何だろう。

不思議に思いながらも、私はこれで王子の力になれたはずだと満たされた気持ちだった。

第十九話　地味令嬢、変わる

昨晩、お父様にアレックス様のことを話したら、「もしや、彼の口添えで没落が回避できるかも！」と大喜びだった。

アレックス様はトーマスの計画の解明に協力するとは言ってくれた。でも、城での職は辞している上に賢者とは至極公平な人柄が求められると聞く。

だから、そんなことはしてくれないのでは。とは、緑の目をキラキラとさせているお父様には言えなかった。

さて、今は学園の休み時間である。

机に座ってぼんやりとしている私の机の周りでは、令嬢達がひそひそと囁き合っている。

「ルーラ様が何か考え事をしているわ。知的なお姿、素敵ね」

「また何かの問題を解決するためにお考えなのよ」

夏休み明けからの彼女達の態度には、どうも調子が崩れる。

没落すると発表された途端、前と同じ扱いに戻るだろうなと思った時のこと。教室に叫び声が響いた。

声の主はアンナ嬢。私に『戦争を止めた愛』へのサインを頼んだ令嬢である。

「きゃあっ！　今、わざと……。エリザ様、ひどいですわ！」

叫び声がした方を慌てて見ると、アンナ嬢が膝をついた姿勢から体を起こすところだった。どうやら、転んだらしい。

彼女の横にはエリザ嬢の机。アンナ嬢の言葉通りだとしたら、足をひっかけられたというところだろうか。

「あら、人聞きの悪い。あなたが私の足に気が付かなかっただけでしょう。そうよね。皆さん」

アンナ嬢には手を貸そうともせず、エリザ嬢は口元にうっすらと笑みを浮かべながら周囲の生徒達を見回した。

だが、誰もその問いには答えない。代わりに教室にシンとした静けさが広がった。

「せっかく、ルーラ様のために作ったのに」

アンナ嬢が泣きそうな顔で見つめる床には、クッキーが散らばっていた。

そういえば、彼女はサインのお礼にクッキーを持ってくると嬉しそうに言っていた。床に落ちたのはそのお礼のクッキーなのだろうか。

「あら。ルーラ様はあなたのお友達だったかしら？　陰気な様子で下ばかり向いてほとんどお話もされないじゃない。あなたのお友達なら、あなたを助けるはずじゃなくて？」

笑みを浮かべたまま、エリザ嬢は彼女からは数列離れた席に座る私を見た。その視線はまるで私に勝負を挑んでいるかのように鋭かった。

確かにエリザ嬢の言う通りである。地味で下ばかり向いていて誰とも話さない。本さえ読めればいい。それが私。私は彼女の視線から逃れるようにうつむいた。

「ほら、ルーラ様は何もおっしゃらないじゃない。皆さん、あんな方が東方の女神に似ていると言われているなんて、おかしいと思いませんこと？」

「ル、ルーラ様は素敵な方ですわ。お優しいし……」

アンナ嬢がエリザ嬢の問いに小さな声で答えようとした。でも、それは高圧的なエリザ嬢の声にかき消された。

「アンナ様、汚らしいから早くそれを拾って下さらない？　クッキーなんて、また買うか作らせれば良いでしょう」

エリザ嬢の言葉は正しい。静まり返った教室で彼女の言葉はそんな風な力を持って聞こえた。だけど、それは間違っている。

そもそも、私は彼女が間違っていることをずっと知っていた。

従者が入れない学園の門から教室まで、ある令嬢にカバンを持たせていること。同じクラスメイトに高圧的な態度で接していること。

身分の差はある。だからと言って理由もなしにカバンを持たせていいわけじゃない。

今のアンナ嬢のことだってそうだ。足をひっかけたのがわざとかどうかはわからない。でも、

「クッキーなんて、また買うか作らせればいい」。これは間違っている。

この時、ある本の表紙が私の頭に浮かんだ。

エリザ嬢にそれを暗唱したら面倒なことになる。そう思って本の表紙を頭からかき消しながら、私はハッと顔を上げた。

気が付いたのだ。自分が変わっていることに。

ユース様のお父様の国章のブローチの件。北の城門の幽霊騒ぎ。エドワード王子と知り合い、ミリア嬢と友達になったこと。

思えば、没落危機をきっかけとするここ数か月の出来事は、私が引きこもっていた本の中の世界を現実の世界と結びつけてくれた。

何の役にも立たない、気味が悪いと家族以外からは言われていた私の暗唱。だけど、エドワード王子もミリア嬢も、凄いと言ってくれた。

トーマスの件は大きな後悔ではある。でも、偶然に近いが私はあのアレックス様の協力をエドワード王子のために取り付けることができた。

今の私は知っている。地味令嬢だって本の中の世界から出て何かの役に立てると。

きっと今の私なら、彼女に間違いだと伝えることができるはずだ。

ガタン。私は勢いよく立ち上がり、エリザ嬢を真っすぐに見た。

「エリザ様、アンナ様にお謝りください。クッキーを作るのにかかるお金も、クッキーを作る手間もご存じですよね？」

「な、なによ。突然。クッキーなんて、我が家の料理人に命じればすぐに作ってくれるわ。あなた、何が言いたいのかしら？」

エリザ嬢は私をにらみつけたが、私はその視線にはもうひるまなかった。

『「食べ物を粗末にすると目が潰れる」

これは、東方に伝わる迷信だ。食べ物は、東方の主食である米に置き換えられることもある。パンだって初めからパンであるわけではない。小麦から作るのだ。

食べ物を作るのには大変な手間がかかる。だからこそ、大切に扱わなくてはいけない。大切な食べ物を粗末にすることは、目が潰れるほどの罰が与えられることだと考えた東方の人々の心が、この迷信を生んだ』

『迷信辞典』の表紙を頭に浮かべ、私は一息に暗唱した。

そして息をつく間もなく、感情のままにまくしたてた。

「これは、東方の迷信です。この迷信に込められた意味がおわかりになりますか？　クッキー一枚と言っても、大変な苦労が込められているのです。材料を育てる苦労、買うのに必要なお金を稼ぐ苦労、クッキーを作る苦労、すべて知っていますか？」

しかし、エリザ嬢は冷ややかな目線のまま、肩をすくめた。何を言っているのかというような大げさな仕草だった。

「ふん、貧乏男爵家には小麦もバターも貴重ということでしょう？」

「おわかりになりませんか。残念です。では、次に人々の飢えに気付かずに贅沢《ぜいたく》な暮らしを続けた王が斬首台に上がった話でもしましょうか？」

「あなたね……」

エリザ嬢が口を開きかけた時、エドワード王子が教室へと入ってきた。彼女はそのまま口をつぐみ、王子のもとへと駆け寄る。

たちまち可憐な笑顔を浮かべる彼女に私は拍子抜けしてしまった。

それよりアンナ嬢だと頭を切り替えて、私は彼女のクッキーを拾うのを手伝うことにした。

アンナ嬢はクッキーを拾いながら顔を紅潮させていた。

「ルーラ様！　感激しました。まるで、私の気持ちを代弁してくださったようでした！」

「い、いえ。お礼なんて。それより、クッキーをありがとうございます」

そう言いながらチラリと見たエドワード王子は、エリザ嬢に笑いかけていた。私の胸はまたズキンと痛んだ。

＊＊＊＊＊

「ルーラ様、聞きましたわ。今日、エリザ様に勝ったのですって？　学園中、噂で持ちきりですわ」

「いえ、あれは勝ったとかそういうものでは……」

「学園の皆さんはやっと、ルーラ様の魅力に気が付いたようですね。私、嬉しいですわ」

「は、はぁ」

昼休み。私は隠れ家でミリア嬢と話をしている。

すると突然、ミリア嬢が真顔で言った。

「ルーラ様、ちゃんとお伝えしようと思っていたのですが……。私、ルーラ様の親友になれたことを誇りに思います。一生、ルーラ様を支えていきます」

「どうされたのですか？」

「昨日遅く、帰宅したお父様より聞きました。ルーラ様はきっと素晴らしい王妃になりますわ」

「一体、何のことでしょう？」

「えっ、まだ殿下から聞いておられないのですか？　あぁ、もう我慢できませんわ。ルーラ様はエドワード殿下の婚約者候補に選ばれたのです。私は夏休み中からそのことを知っていました」

苛立《いらだ》った様子のミリア嬢の言葉に私は目を大きく見開いた。

「はぁっ？　こ、婚約者候補！」

「全く、エドワード殿下もさっさとお話しすれば良いものを」

「で、でも我が家は没落が近いかと……」

「何をおっしゃっているのです？　とにかく、私の話をお聞きください。凄いことが起こったのですから」

ミリア嬢の話によると……。

王妃とエリザ嬢のお母様は、元々学園の同級生で親友だそうだ。同じ年の子供が生まれた時から、将来は婚約させようと約束していたらしい。エリザ嬢はその約束のため、ずっと婚約者候補として名が挙がってきた。

ただ、今年のお茶会開催が決定した時、大臣であるユース様のお父様、そして宰相であるエヴァン様のお父様は私を真っ先に推薦した。

ユース様は少し前に国章のブローチがカラスの仕業だったと見抜いたのは私だと、お父様に告白していたそう。そこで、ユース様のお父様は私を推薦すると決めたらしい。

二人と文官長であるミリア嬢のお父様は、王子の婚約者候補を推薦する権利がある大臣達に私を推薦するよう説得して回ったそうだ。

「私の父も、及ばずながらお力にならせていただきましたわ。でも、最も大きな後押しになったのは、前国王陛下のお言葉ですわ」

「前国王陛下の？」

「ええ。前国王陛下は騎士団職場見学での話を聞き、わざわざ城までお越しになられ、おっしゃったそうです。『行動の稚拙《ちせつ》さはこれから学び、正せば良い。すべてを見通す目を持つ聡明なルーラ嬢がエドワードの婚約者に相応しい』と」

「そ、そんなことを」

信じられない気持ちだが、ミリア嬢が嘘をつくとは思えない。

「そのお言葉を受け、国王陛下をはじめ、ルーラ様以外の令嬢の名を挙げていた大臣達はルーラ様を推薦したそうですわ」

「国王陛下も……」

「そして昨日、婚約者候補を推薦する立場にある最後の一人、国の重鎮である賢者アレックス様の推薦状をエドワード殿下が城へ持ち帰ったそう。つまり、王妃殿下以外はルーラ様を推薦しているということになったのですわ」

「えっ！　そうなのですか！」

昨日の王子とアレックス様の会話、あれは私の婚約者候補への推薦のことだったのだ。

あの後、王子はアレックス様と話があると店に残った。その時に推薦状を書いてもらったのだろう。

そして、王妃以外が私を推薦したということは、エドワード王子も私を推薦したということ。

「そ、それはつまり……」

「もう。殿下は遠回りしすぎたのですわ。私のおせっかいはここまでとします。後は殿下からお聞きください。それはそうと、さすがに殿下へのご自分のお気持ちは、もうおわかりですよね？」

「私の気持ち……？」

エドワード王子への私の気持ち。

最近の私は王子とエリザ嬢を見ると、胸が痛くなる。

ふと、夏休みのミリア嬢の話を思い出す。

ミリア嬢は、ユース様に自分がして欲しいプロポーズを求めて期待していた。

私も王子に求めている、期待している。エリザ嬢ではなくて、私に笑いかけて欲しいと。私と話して欲しいと。

私は自分の中にある感情が何かをやっと理解した。

すると、全く現実味がなかったエドワード王子の婚約者候補という言葉に急に照れてしまう。

今更思ったのだ。婚約者候補になるということは、私がエドワード王子と結婚するということだと。

「えっ？　もしかして今、おわかりになったのですか？　もう。ルーラ様もかなりの遠回りですわね」

頬を赤らめている私にミリア嬢が呆れたように言う。

「す、すみません。なにぶん経験がないもので……」

「フフフ。でも、これでルーラ様と恋の話がたくさんできますわね。そうそう、お茶会に着ていくドレス、急いで決めてくださいね。私、手紙にも書いたのですが、この調子ならきっとまだですわね」

「こ、恋の話……」

ドレスどころじゃない。私は真っ赤になった。

第二十話　王子、我慢をやめる

今日は暑い日だなと思っていたら、熱が出ていたようだ。

考えすぎたせいだろう。

帰宅早々、お母様に顔が赤いと言われ、ベッドへと連れて来られた私は、目を閉じながらそう思った。

私はエドワード王子に恋をしている。

だから、エドワード王子の婚約者候補になったことは喜ぶべきこと。そうすれば、王子とずっと一緒にいられるのだから。

魅了を王子にかけようと思っていた時は、婚約して没落が回避できたら婚約破棄をしてもらうつもりだったのに。わずかの間で人とはずいぶんと変わるものだ。

そもそも、本を買うために、家族のために没落回避。そんな風に思っていた。

あの時は、私の世界には本と家族しかいなかった。それなのに今では……。

でも、相手はこの国の王子だ。

いずれ国王となりこの国を治める王子を支える、そんなことが私にはできるだろうか？

あの綺麗な顔立ちの王子の横に私が立つ。それもできるのだろうか？

なんせ少し変わったとはいえ、地味令嬢は地味令嬢なのだから。

でも、エリザ嬢が王子の横に立つのはどうしても嫌だ。

じゃあ、どうしたらいい？

ぐるぐると頭の中で自分への問いかけが巡り、どうにかなってしまいそうだった。

それで多分、熱が出たのだと思う。

＊＊＊＊＊

窓から夕陽が差し込まなくなり、うっすら目を開けた私は、夜が来たのだと感じていた。

すると、トントンと部屋をノックする音がした。

「どうぞ」と私が言うと、お父様が心配そうな様子で部屋へと入ってきた。

「大丈夫かい？　ルーラ」

「はい。もう大丈夫です」

お父様は私の額に手を当てた。

「よかった。熱はもう下がったみたいだね。そうそう、この部屋に来たのは、これが届いたからさ」

お父様の手には、王妃主催のお茶会への招待状があった。

「ルーラがエドワード王子の婚約者候補になったってことだよね？」

お父様の緑色の目はキラキラと輝いている。

「ルーラ。やっぱり魅了魔法を……」

「使っていません」

私はお父様の言葉が終わらないうちにきっぱりと言うと、ベッドへまたもぐりこんだ。

エドワード王子とはまだ話をしていないし、気持ちも聞いていない。

王子の気持ちが聞けたら、彼の横に立つ勇気がでるだろうか？

そんなことを思いながら、私はいつの間にか眠っていた。

＊＊＊＊＊

翌朝。熱が下がり、登校した私は驚いた。

『食べ物を粗末にすると目が潰れる』と書いた紙が教室の壁に掲げてあったのだ。

「まず、我々のクラスからこの考え方を広げよう」

エドワード王子は、取り巻きの令息達に熱く語っている。私に気が付いた王子は微笑んだ。

「おはよう。ルーラ」

「……！」

私は「おはようございます」と返そうとしたが、言葉が出なかった。

今まで、教室で王子に話しかけられたことはなかったのに。王子は驚いている私に近づいてきて、小声で言った。

「今までルーラが令嬢達から嫌がらせをされるのではと思い、教室で話しかけるのを控えてきた。でも、お茶会の招待状を受け取ったからには僕の婚約者候補。これからは君に危害を加えた者を罰することができる。だからもう、我慢はしないよ」

「えっ……」

赤面する私の耳元で王子は囁いた。

「これからは、クラスでも僕を助けて欲しい。隠れ家で僕にいろんなアイディアをくれたみたいに」

「は、はい……」

そう答えるのがやっとの私の耳元から顔を離すと、エドワード王子はにっこりと微笑んだ。

「ところで、昨日の昼休みは驚かされたよ。食堂へ行ったら、クラスの皆が口々に『食べ物を粗末にすると目が潰れる』と言って、ビュッフェの料理を取りすぎないよう、残さないように気を付けていた。それは、ルーラが言ったことみたいだね」

「はい。そうです」

学園の食堂での昼食は、ズラリと豪華な料理が並ぶビュッフェ形式のもの。

私は食堂で人目に付くのが嫌なので、誰もいない教室で屋敷から持参したお弁当を食べているのだけど。

「この国の貴族には、料理を多く皿に盛りつけて残すのが贅沢の証と考える古い習慣を未だ行う者がいる。ビュッフェでも同じで、多く料理を皿にとって結局残す者が多い。学園の食堂でもそのために仕入れの予算を多くみているそうだ。ルーラの言葉をうまく活かせれば節約になると思い、皆に話をしていたところだよ」

エドワード王子の言葉を私は嬉しく思った。

エリザ嬢には伝わらなかったかもしれないけれど、周りにいた令嬢、令息達は、私の暗唱した文の意味を考えてくれていた。

やっぱり、私でも何かの役に立つのだ。

「あの、学園は赤字ではないですよね？　もし可能なら、その節約で余ったお金を養護院や貧しい人達の食事のために寄付するのはどうでしょう？」

「それはいい考えだね」

「自分達の行動が人のためになるとわかれば、自然と貴族としての在り方を考える良い機会になるかもしれませんね。自分の節約が領地のためになり、領地の人の幸せにつながると。……と言っても、これは本の受け売り。私もまだ実行しているわけではありませんが」

何気なしに言った私の言葉にエドワード王子は驚いたような表情を浮かべた。

「貴族としての在り方を考える機会か……。そこまでは思いつかなかった。僕はいつまでたってもルーラに敵いそうもないな。ルーラは自分で見つけ、考え、進んで行く。だからこそ、おじい様もアレックス殿も、僕が頼むまでもなくルーラを推薦したんだ」

そこへ教師が教室へと入ってきた。

「では、殿下は私のことをどうお思いなのですか」。出かかった言葉を私はぐっと飲みこんだ。

＊＊＊＊＊

その日の休み時間。エドワード王子は私に一冊の覚え書きを差し出した。

「食堂の仕入帳を借りてきたよ。仕入れている食材の量がやはり多すぎるように思う。ルーラからも意見が欲しい」

エドワード王子は私の机の横に立っている。見慣れない光景に私はまた真っ赤になってしまった。

周りの生徒達はヒソヒソと囁きあっている。

「きっと二人は、ずっと想いあってきたのだ。ルーラ様が正式な推薦を受けるまで、公の場で話すことを控えられてきたのだな」

「お似合いだわ」

私が王子の婚約者候補に選ばれたという話は、もう学園中に広まっているようだ。

「そうですね。量もそうですが、去年は東の地方の特産のナスが水害で大きな被害を受けました。価格も高騰したと聞きます。それなのに学園では例年と同じように価格が高いナスを仕入れています。こういった時は代用品でも……」

私が仕入帳を手に取り話していると、不意にエリザ嬢が机の前に立った。

「あら、エドワード殿下。なんのお話ですか？」

「君も仕入帳を見る？　誰の意見でも大歓迎だよ」

「殿下。野菜の値段なんて、私達には関係ないですわ。そんなもの、どこかの貧乏貴族や平民が気にすることですわ」

やっぱり彼女は間違っている。

そう思った時、一冊の本の表紙が私の頭の中に浮かんだ。

私はもう、躊躇しなかった。私は彼女に向かって、頭に浮かんだ本の暗唱を始めた。

『野菜の価格は、天候や採れる時期で決まる。

例えば、夏に収穫するキュウリは夏の間は安い。でも、もし、冬に魔法の力で採れるキュウリがあったなら、それは貴重なものとなる。だから価格は高くなる。

また、天候のせいで小麦が収穫できない冬は、どうだろう……』

ここで、私の暗唱する声にエドワード王子の声が重なった。

『当然、小麦の価格は高騰するし、飢えがやってくる。これを見据えて、予《あらかじ》め民のために食料を確保するなどの対策をしておくのも良いやり方だ。

そして、これは野菜に関することだけではないが、安いものは一般的にたくさん買われる。高いものを買う客は少ない。

こういった視点から、領地の特産物作りや価格の決定をすると利益をより生んで、自身だけでなく民を潤すことができる。そして、危機を回避できるかもしれない』

二人で暗唱を終えると、周りから歓声に近い声が湧き上がった。

「なんて素晴らしい。お二人こそ未来の国王と王妃」そんな声も聞こえてくる。

私は驚いて、エドワード王子を見ていた。

エドワード王子が暗唱するのを驚いたのではなくて、エリザ嬢を正すような態度をとったことに驚いたのだ。

「ルーラ。これは、きっと僕の仕事だ」

王子は私だけに聞こえるように言うと、エリザ嬢に向き合った。

「で、殿下。どうされたのですか？　小麦だとかキュウリだとか」

「これは、『領地経営基礎』という本だ。多くの者の屋敷にあるだろう。農作物ひとつにしろ、価格を意識するのは大切だ。これは領地の人々を守ることにも繋がっている。野菜ひとつとってみても、知るべきことはたくさんあるよ」

いつも通り優しい声。だけど、その口調はどこか冷ややかだった。

「殿下、どうして変わってしまわれたのですか？　あちらに行きましょう。学園の食堂のことや節約などそんな小さいことは、誰かにやらせれば良いではありませんか」

エリザ嬢はエドワード王子に微笑みかける。しかし王子は彼女に笑みは返さなかった。

「変わってなどいない。ただ、我慢をするのをやめただけだよ。僕はさっき、君が理解を示してくれたらと願っていた。今までだって、やんわりと伝えてきたつもりだったけど、伝わっていなかったみたいだね。エリザ嬢。食堂の節約は小さなことではないよ。学園が国なら民の生活に繋がることだ」

「で、殿下までルーラ様の肩を持つのですか！」

「エリザ嬢。僕は君のことは嫌いではない。母親同士の仲がいいし、幼い頃の遊び相手でもあるからね。だけど、知るべきことを知ろうとしないのは間違っている。君には王の、そして王妃の役割というものを考えてからお茶会に参加してもらいたい」

エドワード王子はそのまま、エリザ嬢には取り合わず席へと戻った。

エリザ嬢は何も言わず私をにらみ、教室から出て行った。

以前、お父様が宰相様から聞いた「殿下がまるで別人のよう」という言葉を私は思い出した。

第二十一話　地味令嬢、地味令嬢をやめる

「ルーラ。聞いておくれ！　ついにアレックス様がトーマスの復讐計画を完全に明らかにしたよ」

夜遅くに帰宅したお父様は、興奮気味に私の部屋のドアを開けた。

「本当ですか！」

机に向かって本を読んでいた私は、本をバンッと閉じると立ち上がった。

「夏前に騎士団が調査したラクザ王国の残党がいたと思われる建物。あそこに置かれていた瓶の底に残っていた液体の分析にアレックス様が成功したんだ！」

お父様はズカズカと私の部屋に入ると、ソファに座った。

「やはり、ラクザ王国の残党は悪魔の美酒を作ろうとしていたのですね？」

お父様に向き合って座りながら、私はゴクリと唾を飲み込んだ。

「うん。悪魔の美酒の素になる薬。アレックス様はそう断定したよ。成分はいくつかの薬草。そして、我が国にはない未知の薬品だそうだ」

「魅了魔法の使い手を攫い、悪魔の美酒を作る。それを陛下に飲ませ操り、国を内部から乗っ取る。トーマスはラクザ王国の古い戦い方を実践する気だった……」

ブルリと私は震えた。

あの日、アレックス様と話した推測通りになった。

でも、それをはっきりとさせることは私にはできなかったし、飲む魔法つまり、悪魔の美酒と魅了魔法の関係はアレックス様がいなければ、わからなかったことだ。

「トーマスが騎士団に入り込んだのは、城の中で守られている魔法使いを攫うという目的。そして、国王陛下に貴族として騎士として近づき、悪魔の美酒を飲ますという目的だった。騎士団ではそう結論づけた」

「陛下は騎士と共に地方を回ることもありますし、貴族なら陛下主催のパーティへ参加もできます。チャンスは多いですね」

「魅了魔法の使い手を攫えなかった時点でトーマスの復讐計画は失敗。四月以降は仲間を城に侵入させることも難しく、彼は行動しあぐねていた。これがアレックス様の見解さ。まぁ、我が国には魅了魔法の使い手はいなかったわけだが」

「オランドの件は？　トーマスが頼む予定だったことはわかったのですか？」

ほっとしつつも、私は口早に尋ねた。

ここまでは、予想できたことだった。でも、オランドの件はどう考えてもわからなかったのだ。

「それもわかったよ。狙いはランドール王国の女王一家だったようだ。オランドは十一月に陛下の外遊に同行してランドール王国に行くことが決まっていた。ランドール王国の女王一家殺害の手伝いでも頼む予定だったのだろうな」

「ランドール王国も連合軍の一員ですね」

「ランドール王国にはもう連絡済みさ。内通者とみられるラクザ王国の亡命貴族を捕らえたと連絡があったよ」

「これでトーマスの復讐計画の件は終わりが見えてきた……」

安堵のあまり力が抜けてしまった私は、ソファの背にぐったりともたれかかった。

何かが起こるかも知れないと恐れていたが、危惧していたことは起こらないようだ。

「その通り。トーマスがこの国に来た経緯もわかっているしね」

先日、騎士団はやっとリーマン前男爵邸で働いていた使用人を一人、見つけ出した。

彼の話によると、トーマスはリーマン前男爵に外国から来た医者だと自身のことを言って近づいたらしい。

トーマスが名乗っていたマティウスは実在の人物で、トーマスはマティウスを殺害して彼に成りすましていた。

持病があった自分と体が弱かった夫人のためにとリーマン前男爵はトーマスに頼るようになった。

しかし、彼の治療を受けているうちになぜかリーマン夫妻は二人とも寝込みがちになってしまった。

夫妻がほとんど動けず、薬のせいか朦朧《もうろう》としているのをいいことに、トーマスは看病と称して子どもがいなかった夫妻の実子のようにふるまい、自身で養子縁組の手続きを済ませたそうだ。

この時点で使用人は全員解雇され、しばらく経った後、夫妻が病死したと聞いたのだという。数人の使用人は屋敷を解雇された後、事故で死んだそうだ。

この話から、トーマスが夫妻に死に至る毒を盛った。そして、何かラクザ王国につながる物を見た使用人が殺されたのではないか。そう、騎士団では推測しているそうだ。

その後、トーマスはある貴族と懇意になり騎士に推薦してもらったことがわかっている。

「あとの懸念事項は、副官の行方だけですね」

エドワード王子もほっとしているに違いないと、王子が微笑んでいる姿を私は想像した。

アレックス様が協力してくれて本当によかったと思った時、お父様の緑色の目が悲しげなことに私は気が付いた。

副官の行方。それが我が家の没落を左右するのを私はすっかりと忘れていたのだった。

＊＊＊＊＊

さて、お茶会の招待状への返事の期日まであと二日である。

実は、私はお茶会へ参加するかどうかの返事が出せないでいた。

我が家の没落回避には私がエドワード王子と婚約することが必要。それはわかっているのだけど……。

まだ、ぐるぐると回る自分自身への問いへの答えを私は出すことができずにいたのだ。

昼休み。隠れ家で私はエドワード王子と二人きりになった。

なぜだか今日、ミリア嬢は隠れ家に姿を見せていない。

なんとなく、王子はそわそわとした様子だ。

「殿下。夏休みのお手紙とお花、ディライト家を擁護してくれたこと、本当にありがとうございました」

なかなか口を開こうとしない王子に、私はこう切り出した。

「僕だってルーラにお礼を言わないと。アレックス殿の協力の件はルーラのお陰だよ。おおよそのことが解決に向かったのは、ルーラの力だと言ってもいい。ありがとう」

「い、いえ……」

「騎士団職場見学の後、本当はお見舞いに行きたかった。でも、特定の令嬢宅に行くのはよくないと止められてね。ディライト家の擁護の件は……。うん。そうだ。外交に使おうとランドール王国の本を読んでおいてよかった。魔法の知識は元からあったしね」

「本の件はそういうことでしたか」

しばらく沈黙が続き、お茶会のことをいよいよ切り出されると思ったら、王子は全く違う話をし始めた。

「忘れないうちに伝えておくよ。アレックス殿から伝言だ。『外国の文献を調べたところ、逃げた魔女と似た話が西方にも伝わっていました』だそうだよ」

「それは興味深い！　つまり魅了魔法の使い手はまだ西方にいるかもしれないということですね」

ということは、魔女は一人ぼっちになったと勘違いしていたのか。

まだ私の知らない真実があるに違いないと私は一瞬、お茶会のことなど忘れてワクワクしてしまった。

「その様子、興味があることを見つけた時のアレックス殿と似ているね」

クスリとエドワード王子は笑う。

「ど、どこがですか！　私、髭なんてありませんよ」

「まったく、ルーラは……。もう一つ、アレックス殿から伝言がある。『お茶会で暗唱が始まったらナプキンをテーブルの下で振れ』だそうだよ」

なぜだかエドワード王子は目を細めて私を見た。

「アレックス様もお茶会に参加を？　ナプキンとは？」

「警備で参加するそうだよ。でも、本当はルーラの応援が目的だと僕は思う。どうやら、ナプキンはルーラの暗唱を止めるためらしい。『話を聞く限り夢中になると自分では暗唱を止められないようだから、わしが止める。審査で落ちでもしたら大変じゃ』と言っていたから。ルーラを弟子みたいなものだと思っているらしくてね」

「け、賢者様の弟子……。それは私には荷が重すぎます」

と言ったところで、私は現実に引き戻された。

エドワード王子がゴホンと咳払《せきばら》いをしたからである。

「ルーラに謝らなくてはいけないことがある。ごめん。僕は君に大切なことを伝えていなかったみたいだ。僕はルーラが僕の婚約者候補にさえなればいいと思っていたんだよ」

「えっ……？」

「パーティで着飾ったルーラを見て焦った。誰かと婚約してしまったらどうしようかと。僕は、どうしたらルーラと一緒にいられるだろうと必死で考えた」

私は、自然に頬が赤らむのを感じた。あの日、私から目を逸らした王子がそんなことを考えていたなんて。

「そ、そんな誰かと婚約なんて、あり得ませんよ」

「それほど君は綺麗だった。それで僕が出した答えは、僕の婚約者候補を推薦する立場の者全員にルーラを推薦してもらうことだった。でも、僕は結局、何もしていない。ルーラの行動が皆を魅了したんだよ。だからこそルーラは僕を含めて母上以外全員に推薦された」

綺麗だったと言われて私は体が熱くなった。

「で、でも……」

好きと言われていません。出かかった言葉を私は飲み込んだ。

エドワード王子がまた、ゴホンと咳払いをしたからだ。私は薄い青色の目に真っすぐに見つめられた。

「初めて会った時から、君が好きだ。僕に媚びないルーラに惹かれて、ルーラの成績をこっそり調べたりもした。本当は『戦争を止めた愛』を読んだのも君のことを知りたかったからだ。話すほどに夢中になって……。だから、招待状への返事をくれないか。気持ちを伝えるのが遅くなって、ごめん」

地味令嬢でも、エドワード王子が綺麗と言ってくれた。好きだと言ってくれた。それならもう、地味令嬢なんて呼び名は捨ててしまおう。

王子の言葉であっさりとぐるぐる回る問いかけへの答えが出た。あんなに悩んでいたというのに。

「はい。私、招待状の返事を書きます。……私も殿下が好きです」

私達は耳まで真っ赤になりながら、微笑みあった。

そのすぐ後、木々の隙間からミリア嬢が顔を出した。

ミリア嬢は私達の顔の色を見て、フフフと笑った。

「大丈夫だったようですわね。殿下。遠回りはダメだと言った私のアドバイス、早く聞いておけばよかったですわね。女性は告白を待っているものですから。あぁ。それにしても、お二人の結婚式が待ち遠しい」

「ミリア嬢、結婚式の前にお茶会だ。ルーラはまだ僕の婚約者候補だ。当日に失敗して婚約者に選ばれないということがあっては困る」

夢見心地だった私は、審査があるのだと思い出して赤い顔が青くなっていくような気がした。

＊＊＊＊＊

あっという間に日にちは過ぎた。

明日はいよいよ、王妃主催のお茶会の日である。

「礼儀作法はもう完璧ですわ！　頑張ってくださいね」

昼休みの隠れ家で、ミリア嬢は私を激励している。

実はお茶会への参加の返事を出した直後、大きな問題が発覚したのだった。

屋敷にこもっていた私は、実際のお茶会へ行ったことなどない。本で読んで知っている礼儀作法を実践したことなど皆無《かいむ》。その上、貴族同士の会話にも慣れていなかった。

そこから私は読書を封印し、ほとんどの時間を礼儀作法や会話の練習に費やしてきた。

ミリア嬢も協力してくれ、放課後も休みの日も練習に付き合ってくれたのだった。

「嫌な話を聞きました。エリザ様は会場でご自身の心証を良くするために審査員に賄賂を配るそうです。少しでも良い点数をつけさせようとしているのですわ」

ミリア嬢は渋い顔で肩をすくめた。

「賄賂？　でも、自分は審査中なわけですし、配るのは無理では？」

「王妃殿下に自身の贔屓《ひいき》にしている外国の商人をお茶会に招待してもらうとか。元々、お茶会はその年に話題となった商品を売った商人や職人、人気の芝居に出た俳優なども招待される華やかなもの。商人の中にはここぞとばかりに試供品だと自身の商品を配り、貴族達にアピールする者もいるそうです」

「じゃあ、その商人が試供品という名で審査員に賄賂を配るということですか？」

「王妃殿下がエリザ様に協力して、審査員を教えるのでしょう。豪華な物を渡すのだと思いますわ」

お茶会当日、審査を行うのは学者や由緒正しい貴族など公平にかつ適切に令嬢を見られる者だと聞く。ただ、会場のどの場にいるかもわからず、常に気を抜いてはいけないという。

婚約者候補には、席順も当日まで告げられない。だから、同じテーブルに座る人が審査員ではないかと私は考えている。

「そこまでするなんて」

私にはその考えは理解しがたい。

でも、それで私がエリザ嬢より低く点数を審査員につけられれば、私はエドワード王子の婚約者になることはできない。私は不安になった。

「それだけではないですわ。エリザ様は起死回生の一手があると自慢気に話していたそうです。それで絶対にエドワード殿下の婚約者になれると」

「起死回生の一手？」

「何かはわかりません。エドワード殿下への豪奢な贈り物かもしれませんわ。殿下本人のお気持ちを変えれば、審査の結果なんて打ち消してしまえると思っているのかもしれません」

「そんな。審査は公平なものだと聞いていますし、物でエドワード殿下がなびくとは思えませんが……」

私はエドワード王子と気持ちが通じ合っている。だからこそ、私は正しい手段でエドワード王子の婚約者になりたい。

それができて初めて、エドワード王子の傍に立つ資格があると多くの人に認めてもらえるはずだから。

「ルーラ様は前代未聞の王妃殿下以外全員の推薦を頂いている身。起死回生の一手など、関係はございませんわ」

不安げな私の様子を察したのか、ミリア嬢は私を安心させるように微笑んだ。

第二十二話　地味令嬢、お茶会へ行く（前編）

いよいよ、お茶会の日がやって来た。

お母様はまた曾おばあ様の覚え書きを出してきて、張りきって準備を進めてくれた。

今回、私はドレスをお母様のアドバイスを受けながら自分で選んだ。

鏡に映った自分を見て、私は驚いた。

用意したのは、学園のパーティと同じマーメイドラインのドレスで、袖にレースをあしらった水色のドレスだ。

これは、曾おばあ様が曾おじい様と出会ったパーティで着ていたと覚え書きにあったドレスを真似たものだ。

そして、そのドレスを着ているのは黒髪をアップにし、目元に薄い紫のアイシャドウをつけ、濃い目のアイラインを入れた私だ。

「だ、誰ですか、これ？」

前の学園のパーティと同じ化粧だそうだ。だが、あの時鏡を見ていなかった私は驚いた。

「ウフフフ……。曾おばあ様の残してくれた覚え書きは本当に素晴らしいわ。ルーラは、顔立ち的にお化粧が映えるのよ。それを教えてくれたわ。スタイルは元々いいし。それに、ここ一か月で、顔立ちが変わった気がするもの。今まで下ばかり向いていたけど、しっかり前を向くようになったというのもあるわね」

「お母様……」

「ルーラ。いよいよ出発だね！」

その時、お父様が勢いよくドアを開け、部屋へと入って来た。アランも一緒だ。

「お姉様、とても綺麗です。女神様みたいです」

アランは天使の微笑みを浮かべている。

「未だ侵入者、特にラクザ王国の残党の副官を逃した責任は重い。ルーラの肩にディライト家の没落がかかっているよ。なれるさ、ルーラなら。エドワード殿下の婚約者に！」

緊張している私はお父様の言葉に答える余裕はなく、そのまま屋敷を出発した。

＊＊＊＊＊

私が到着すると、屋外で催されるお茶会会場はすでに多くの招待客で賑わっていた。

案内係についてテーブルに案内された私は、驚きで目を見開いた。

「あら、ルーラ様。ごきげんよう」

綺麗な所作で私にカーテシーをしたのはエリザ嬢だ。

艶々とした薄い紫色の髪をハーフアップに結い、赤いドレスを着ているエリザ嬢は気品が溢れている。

エリザ嬢と同じテーブルだとは思いもしなかった。

てっきり審査員と同じテーブルに座ると思っていたが、違うようだ。

「ごきげんよう。エリザ様」

私は負けじと笑顔でカーテシーをした。

お茶会の開始の合図と共に席へ着いた二人を見て、私はもっと驚いた。

エドワード王子と王妃とも同じテーブルだったからだ。

エリザ嬢が驚きもせずに余裕の様子なのは、王妃から席順や審査のことを聞いているからだろう。

席に着いたエドワード王子が、私に微笑みかけた。

私を見つめながら口の動きだけで「きれいだ」と言っているのがわかり、私は赤くなってうつむいた。

昼休みも、休み時間もミリア嬢に付き合ってもらい礼儀作法の練習をしていたため、エドワード王子とゆっくり話す時間はなかった。

久しぶりに見た王子の微笑みに私の緊張はほぐれていった。

＊＊＊＊＊

「エリザさんはよくご存じね。肌荒れにはあそこの石鹸《せっけん》が良いのね。今度、取り寄せてみましょう」

「取り寄せなどされなくても、私が今度お持ちいたしますわ」

王妃とエリザ嬢は、話が弾んでいる。

その会話は違う世界の話のように聞こえ、私は挨拶をしてから一言もまだ発していない。

王妃がエリザ嬢を推薦した理由がよくわかる。もちろん、エリザ嬢のお母様と親友だということもあるのだろうが、二人は趣味も合う様子だ。

これはまずいかもしれない。会話の内容も審査対象だと思い国政の話や外国の政治の話を勉強してきたのに、全く活かせていない。

何度か、エドワード王子が助け舟を出してくれた。

だが、エリザ嬢は華やかな容姿の公爵令嬢だけあって、お茶会や貴族の会話に慣れている様子。

その度に話をうまく王妃が好む化粧品やドレスの話にしてしまうのだ。

「そういえば、ランドール王国の女王は新しい税制を打ち出すらしいですね。ルーラ嬢はこういった話に詳しいそうだね」

「ええ、それは……」

「あら。ランドール王国といえば、最近、少し短い丈のドレスが流行っているのはご存じですか？」

こんな具合だ。

屋敷に引きこもっていた私とは経験値が違う。意気消沈《しょうちん》してすごすごとティーカップを持った時、エドワード王子が心配そうに私を見ているのに気付いた。

そうだ。私は彼の横に立つと決めたのだし、彼だって私を好きだと言ってくれている。

次こそは会話に入ってみせると、私は再び奮起した。

だけどその時、エリザ嬢はタイミングを計っていたかのようにわざとらしくポンと手を打った。

「そうそう、せっかくですし、化粧品に詳しい者を呼びましょう。王妃殿下にご招待いただいた我がデューサ家が親しくしている商人ですわ」

私達のテーブルは違うが、他のテーブルはお菓子と軽食がビュッフェ台に並ぶビュッフェ形式のお茶会となっている。

立って談笑している者、他のテーブルに移動してお茶を楽しむ者もいる自由な雰囲気のお茶会だ。

なぜか国王はまだ会場にいない。国王が来た際やここでの会話が終わって、他の貴族達と話す時の振る舞いも審査の対象に違いないと私は思っていた。

慣例通りの華やかなお茶会である。だが、今年の警備は例年以上に万全だ。

なぜなら、賢者アレックス様が来ているのだ。

アレックス様はエリザ嬢が背にしている私達の横のテーブルに招待客を装った数人の騎士と共に座っている。

王子の話によると、ラクザ王国の残党が見つかっていないことを心配して今日の警備にアレックス様は自ら参加すると言い出したらしい。

ただ、伝言にあったように実際は私の応援に来ている模様。

先ほど目が合ったアレックス様は、ナプキンをヒラヒラと振っていた。暗唱が止められないのなら、ナプキンを振れと言っているのだろう。

もっとも、私はアレックス様に頼るつもりはない。自分の力だけでこの場を乗り切るつもりだ。

さて、エリザ嬢の言葉を待ち構えていたように、商人と思われる男性が私達のテーブルへと近づいてきた。

ふと見ると、彼は周りのテーブルにも挨拶へ行っていたようで、どのテーブルにも商人が手に持っている手提げの紙袋と同じものが、いくつも置いてある。

あれがエリザ嬢の心証を良くするための賄賂に違いない。

ここで商人が登場するということは、彼がミリア嬢の話していた起死回生の一手とやらを持っているのかもしれない。

いよいよエリザ嬢の独壇場となってきたと焦りながら、私は近づいてくる商人をじっと見た。

＊＊＊＊＊

「初めまして。アーノルド・モンドと申します。モンド商会という店を営んでおります」

五十代前半だろうか。少し神経質そうに見えるその商人は、そう挨拶をして用意されたエリザ嬢の横の椅子へと座った。

その後は、当たり障《さわ》りのない会話が続いた。

しばらく経ち、エリザ嬢はそわそわとしながら口を開いた。

「そうですわ。王妃殿下にお見せしたいものがあったのです。アーノルドは私にこんなものをプレゼントしてくれたのです」

エリザ嬢は細かなレースが施《ほどこ》された白いハンカチを取り出した。

「私が以前住んでいた国の習慣です。花嫁へ親族がハンカチを贈るという習慣がありましたので。デューサ公爵家の皆様には、とてもよくしていただいておりますから、僭越《せんえつ》ながら、親族のようなつもりで贈らせていただきました」

アーノルドが王妃に説明をする。

「アーノルドは間もなく花嫁になる私へと、このハンカチを贈ってくれたのです」

「あら、少し気が早いわね」

ホホホと笑う王妃は嬉しそうだ。王妃はエリザ嬢と王子を交互に見て微笑んでいる。

これはエリザ嬢のアピールだ。私も何とかせねばと思うと同時に、胸の中が騒めく。

なぜなら、花嫁にハンカチを贈る習慣があるのは北のいくつかの国々。

北の国だからと、すぐにラクザ王国につなげるのは良くない。でも……。

そう考えていると、頭の中に一冊の本の表紙が浮かんだ。

そのまま暗唱を始めそうになり、私はハッとした。

騎士団職場見学の時と同じ過《あやま》ちは起こさない。

私は頭の中の本の表紙をかき消し、代わりにアーノルドに尋ねた。

「ハンカチを贈る習慣をご存じなら、小麦粉を結婚式の退場時に新郎新婦に振りかけるという習慣を知っていらっしゃいますか？　北の国の習慣だと聞いたことがあります」

疑いを解決するための質問のつもりだった。

ただ私が深く考えすぎただけならばいい。祈るように思っていたが、アーノルドの返事は思った通りのものだった。

「知っていますよ。それは、新郎新婦が食べ物に困らないようにという願いを込めて行うものですね。見たこともあります」

ゾクリと寒気が私を襲う。

あぁ、やはり私が思う通りかもしれない。

私は恐ろしさと使命感を同時に感じながら、もう一度口を開いた。

「なるほど。そういう意味の習慣でしたか。あっ、そうそう。私、手相占いが得意でして。商売人と貴族では手相がまるで違うとか。利き手を見せていただけませんか？」

「ルーラ様、このような場で何を？　王妃殿下に占いを披露されたいのですか？」

エリザ嬢は私を馬鹿にするような薄ら笑いを浮かべた。

私はエドワード王子の方を見つめた。

エドワード王子なら、私に考えがあることをわかってくれるはずだ。

「アーノルド。ルーラ嬢の手相占いは良く当たる。一度、見てもらうと良い。王妃殿下も後で見てもらってはいかがですか？」

王子はわかってくれたようだ。

「あら、そんな特技が。では、私もお願いしようかしら。次は私を見て頂戴」

「では、僭越ながら私が先に……」

「なるほど。あなたが計画している商売は全て成功するようですね。強運の持ち主とも出ております。やっぱり、商人の手相は貴族にないものが見えますね」

出された手をとり、でっち上げの占い結果を伝えると、アーノルドは嬉しそうに言った。

「それは、良いですな。ありがとうございます」

なんてことだろう。私は予想通りの結果に動揺した。

わかってしまったのだ。彼の正体が。

トーマスの復讐計画は失敗。だが、残党の居場所がわからないため、万が一に備えて武器の持ち込みがないかの確認が入場時、入念に行われていた。

だけど、アーノルドには何かを起こすのに武器はいらない。でも、一人で何をするつもりだというのだろう。

王妃の占いを適当にし、再び始まったエリザ嬢と王妃の楽しげな会話を聞きながら、私は一人、黙った。

ここで下手《へた》に動けば、アーノルドに気付かれて逃げられるかもしれない。もしくは、大勢の人を巻き込んでしまう可能性もある。

どうしよう。ヒヤリとしたものが私の背中をつたった時のこと。

「実は、アーノルドがエドワード殿下のために少し変わった物を用意してくれましたの」

不意にこう切り出したエリザ嬢は、王妃と王子ににっこりと微笑んだ。

でも、微笑みながらも、エリザ嬢はなぜだか私をジロリと見た。

もしや、これが起死回生の一手では。私は直感する。

「大変珍しい香料です。紅茶に数滴たらすと味が変わります。ただ、貴重なものですので殿下の分しかご用意できませんでした」

アーノルドはカバンから小さな瓶を一本、取り出した。瓶の中にはドロリとした透明の液体が入っている。
その瞬間、私は気が付いた。
その液体が何なのか。そして、大きな二つの見落としに。

第二十三話　地味令嬢、お茶会に行く（後編）

にっこりと笑いながら、アーノルドは小瓶を皆に見せるようにテーブルの上に置いた。

恐ろしい。一瞬そんな思いも込み上げたが、なんとかせねばという気持ちのほうが強く、私は不思議と冷静だった。

不意にエドワード王子と目が合い、私はその薄い青色の目に誓った。

絶対に彼のしようとしていることは、実行させないと。

でも、今ではない。

私は自分が動き出す機会を待つことにした。

「私も以前いただきましたが、フレーバーティのような香りと甘味でとても美味しかったのです。是非、エドワード殿下にお楽しみいただきたいのですわ」

にこやかなエリザ嬢。どこまで彼女がアーノルドの持っている液体のことを知っているかはわからない。

でも、起死回生の一手とこれを言うのなら、やはり彼女は間違っている。

「まぁ。エドワード、飲んでみて頂戴」

王妃の言葉にアーノルドが席を立つ。

「では、私が紅茶にお入れしましょう。お味見ください。足りなければ、あと数滴入れますので」

アーノルドは数滴の液体をエドワード王子のカップにたらし、傍で待機している。

紅茶からは、熟したブドウのような甘い香りが立ち上った。

「フレーバーティより濃厚な香りですね」

王子はカップへと手を伸ばそうとしている。

今だ。私は立ち上がった。

「飲まないでください。それは、悪魔の美酒です！」

エドワード王子は唖然とした面持ちで手を止める。

不意をつかれたアーノルドも驚いた顔で私を見ている。

私はアーノルドの方へと進みながら、横目でアレックス様がこちらに近づいて来るのを確認した。

アーノルドがカップに液体を注いだ時にナプキンを振っておいたのである。

「どうされたのですか？　悪魔の美酒とは何でしょう？」

アーノルドは怪訝な顔を私に向けた。

アレックス様は、ぴたりと足を止めた。悪魔の美酒。その言葉に、アレックス様は全てを察知してくれたようだ。

「あなたは、ラクザ王国の魔法使いです」

もう我慢する必要はない。私は先ほど頭に浮かんでいた『世界の習慣豆知識』の暗唱を始めた。

『旧ラクザ王国からユーラリア王国にかけては、手の動作を含め共通点が多い。親族が花嫁に白いハンカチを贈るという習慣もこの地域の国々は共通している。

だが、結婚式の習慣は異なる。

神への誓いの後、退場する新郎新婦に小麦粉をかける習慣、これは旧ラクザ王国だけのものであった。岩山の多い小国から発展した旧ラクザ王国では、小麦は貴重なものだった。これは、その時代から続く新郎新婦が将来、食べ物に困らないようにという祈りを込めた習慣だった』

エドワード王子の目は心配げに私を映している。

でも、王子はアレックス様が静かにこのテーブルを見守っているのに気が付いているようで、何も言うことはなかった。

「北のいくつかの国には、親族がハンカチを花嫁に贈る習慣があります。しかし、小麦粉を新郎新婦にかける習慣がある国は、一つしかありません。ラクザ王国です。あなたはその習慣を知っていると言いましたよね」

「何をおっしゃいますか。それだけで私がラクザ王国の魔法使いなどと……」

「そうですわ。ルーラ様。この場で失礼ですわよ」

「あなたがしていることは、私が推薦した令嬢を侮辱したのと同じですわ」

エリザ嬢と王妃が抗議の声を上げる。

「確証があります。アーノルドは右手でティーカップを持っていました。だから利き手は右手。でも、先ほど私に差し出したのは左手でした。魔法使いは魔力を手の平に集中させます。熟練した魔法使いだと日常から魔力を手の平に集めた状態だそう。だから、利き手の手の平に触れることを嫌がるとか」

これも暗唱を堪えていた『初級魔法入門』からの知識である。

「ルーラ様、いい加減にしてください！」

エリザ嬢はなおも言うが、アーノルドは悔しそうに顔を歪ませている。

「私は二つの見落としに気が付きました。一つは西方の国、リーズ王国の魔法使いが攫われたこと。西方には『逃げた魔女』に似た伝承がある。つまり魅了の使い手である魔女はリーズ王国にもいたのです。あなた達は我が国で魔法使いを攫うのに失敗した後、リーズ王国で魅了魔法の使い手を攫ったのですね」

堪えきれなかったのか、静観していたエドワード王子が呟く。

「確かにそうだ。リーズ王国では五月に魔法使いが何者かによって攫われたと聞く」

「はい。そして、二つ目の見落としは、黄色いポピーの絵です」

「黄色いポピーの花言葉は成功。悪魔の美酒は魅了がなければ作れない。つまり、悪魔の美酒作りが成功したということ……！」

エドワード王子が驚愕の声を上げた。

「トーマスの計画は失敗してはいなかったのです。彼の本当の目的は悪魔の美酒をエドワード殿下にこの場で飲ませ、操ること。そうして、やがて国王陛下も操り国を乗っ取るつもりだったのでしょう」

アーノルドは小瓶の液体を注いだ後も、エドワード王子の傍に立っていた。

アレックス様は悪魔の美酒を飲んだ後は言葉で操れると言っていたから、飲むタイミングを待っていたのだろう。

彼は早い段階で、エリザ嬢を通じて席順も知っていたのではないだろうか。

「くそっ。お前さえいなければ！」

アーノルドは叫び、何かの呪文を唱えながら私の方を向いた。

しかし、それが何かと考える間もなく辺りは目を開けていられないほどの眩《まばゆ》い光で包まれた。

数秒後、私が目を開けてすぐに見たのは地面に倒れているアーノルドの姿だった。

すぐに騎士達が彼を囲む。

体を起こされたアーノルドはそのまま、よろよろと騎士達に連れて行かれた。

「フォッフォッフォッ。こう見えても、わしは賢者。相手の魔法を跳ね返すことぐらいは容易じゃ。ルーラ様、それを見越しておりましたな」

「はい。賢者の条件については以前、本で読んだことがありましたので」

「まったく。あなたには敵いませんな」

私は安堵で力が抜けてしまいそうだった。

なんとかせねばと気が張っていたからできたこと。

終わった今では、思った通り進まなければどうなっていたのかという恐怖も湧き上がってくる。

「ルーラ。大丈夫？」

エドワード王子が駆け寄ってくる。

王子が無事でよかった。私は体からますます力が抜けそうになった。

「はい。大丈夫です」

「よかった。何か考えているのは気が付いていたよ。でも、まさか悪魔の美酒に気が付いていたなんて。あまり、心配させないで欲しい」

エドワード王子は私の右手を取って、ギュッと握り締めた。

こんな状況だというのに真っ赤になった私は、お陰で目が覚めたようにシャキッとした。

「今の光は何だ」

「逃げた方が良いのではなくって」

招待客達は何が起きたのかわからず、騒めき立っている。

そんな声の中、アレックス様は叫んだ。

「皆、お茶会は終了じゃ。騎士達の誘導に従うように」

テーブルを見ると、王妃とエリザ嬢は茫然とした様子で椅子に座り込んでいた。

「王妃殿下。エドワード殿下。危険な目に合わせてしまい申し訳ありません。彼の計画には途中で気付いていました。でも、証拠を掴みたくて、殿下がもうすぐ薬を飲むという直前まで待っていました」

私は王妃、そして横に立つエドワード王子に頭を下げた。

トーマスの時のようにアーノルドを捕らえてしまえば、彼が口を割らない限り、彼が何者で何を企んでいたか確証は得られないと考えたのである。

そして、彼が口を割らない状態だと、王妃とデューサ公爵家が保身のために彼を擁護することもあり得た。

私は彼が薬を使った、魔法を使ったという証拠が欲しかったのだ。

だから、タイミングを計り、あえて彼を追い詰めるような話をしたのである。

「ルーラ。謝る必要はない。君は僕。いや、この国を救った。むしろ、君に礼を言わないといけない」

王妃はまだショックから覚めないのか、押し黙っている。

「エ、エドワード殿下。私、まさかあの男が魔法使いだとは……」

エリザ嬢は目に涙をためている。王子は彼女の言葉を最後まで聞こうとはせず、冷めた目で一瞥した。

「エリザ嬢、君はこの国を危険にさらした。それも、自分自身のためにだ。もしや、僕に君が好きだと言わせるために、悪魔の美酒という恐ろしい薬だと知っていて手を出したのでは？」

「き、強力な惚れ薬だと。飲んだ後、あの男が耳元で私の名を囁けば、殿下の心が手に入ると……。会場で化粧品や薬を配って私の心証を良くし、さらに殿下の気持ちが私に向けば必ず婚約者になれると、あの男が言ったのですわ。それでここに連れてきて。私、ずっと王妃になりたいと思って……」

エリザ嬢は椅子に座ったまま泣きじゃくり始めた。それ以上は言葉にならない様子だった。

「そんな手段を使おうとしていたのか。想像だが、自分は将来の王妃だとあちこちで言っていたことがデューサ公爵家、いや君があの男に利用される原因となったのだろう。知るべきことを知ろうとしないのは間違っている。僕は君にそう言ったはずだ。なぜ、賄賂のことも、薬のことも疑問に思わなかった？」

厳しい声でエリザ嬢に言うと、王子はもう彼女に目もくれなかった。

「エドワード。エリザさんをあまり責めないで頂戴」

王妃が小さな声で言うが、王子は王妃に鋭い視線を向けた。

「母上、私が言った通りではありませんか。エリザ嬢は民に対する謙虚な気持ちがないと。だから賄賂を配ろうなどと考え、あの男の口車に乗せられたのです。もっとも、それに賛同したのはあなたですが。僕は何度も忠告したはずです」

王妃は何も答えず、ただうなだれた。

「殿下。そこまでにしましょう。ルーラ様。今日はお疲れでしょうから、屋敷へお戻りなされ。明日にでもお話を伺《うかが》いましょう。ただ、そちらのお嬢さんと王妃殿下には一緒に来ていただきましょう」

アレックス様は、怒りが収まらない様子のエドワード王子をなだめるように声をかけた。

その言葉を受け、騎士達が王妃とエリザ嬢を立ち上がらせて連れて行った。

アレックス様も一緒に去り、残った騎士達は招待客を帰宅させるために誘導を始めた。

私もあちらへ行かなくてはと思った時、エドワード王子が私の耳元で囁いた。

「きっとこれから忙しくなる。少し早いけれど、また遠回りにならないようきちんと伝えておくよ」

「えっ……？」

「ルーラ・ディライト侯爵令嬢、私と結婚してください。指輪はまだ用意していないから、僕の気持ちを受け入れてくれるならこの手を取ってくれないか」

私の前で片膝をつき、王子は左手を私へ差し出した。

「……はい」

それだけ言うのが精いっぱいの私は、ぎこちない動作で王子の手をとった。

すると、周りから盛大な拍手の音が聞こえた。

周りを見ると、騎士や退場するために列をなしていた招待客達が、私達に拍手を送ってくれていた。

真っ赤になった私は、小さな声で「皆さん、ありがとうございます」と言うのがやっとだった。

エドワード王子は、そんな私に優しい微笑みを向けた。

＊＊＊＊＊

お茶会から数日経った。

私は自室で今日までにあった出来事を考えている。

私はお茶会の翌日に学園を休み、アレックス様の元へと報告へ行った。だが、すぐにいつも通りの生活へと戻った。

エドワード王子は今回のアーノルドの取り調べにも加わっているから、忙しそうだ。

学園には来ていないが王子からは毎日手紙が届き、私も返事を書いている。

デューサ公爵家の処分はこれから正式に下される。

デューサ公爵夫妻は、賄賂のことも惚れ薬のことも承知していた。相当な罰が下されることになるだろう。

エリザ嬢は暫《しばら》くの間、領地の屋敷で謹慎生活を送り、正式な処分を待つことになるようだ。

王妃はただ、親友の娘であるエリザ嬢を自分の息子の婚約者にしたい一心だったそう。

賄賂を配ることにはうっすらと気付いていたものの、何も聞かずにデューサ家の希望通りに商人を招待したのだという。

王妃は国王よりかなり厳しい言葉で叱責《しっせき》された上、暫く公の場には出ないということになった。

トーマスはアーノルドが捕らえられたと伝えられた時、うなだれたと聞いた。そしてついに彼は、自分がラクザの守護神と呼ばれたトーマス・ディアスだと認めた。

彼の復讐計画は、ほぼあの場での予想通りのようだ。

アーノルドが話したところによると、トーマスは当初より入り込みやすいお茶会の会場を計画実行の場としていた。

何通りかあった計画の中でエリザ嬢を引き込み、エドワード王子を対象とする案が選ばれたようだ。

悪魔の美酒は全てアーノルドが持っており、彼の荷物から数本の瓶が押収された。

ラクザ王国の残党達は、ランドール王国へと移動したとアーノルドは語った。

攫われたリーズ王国の魔法使いは、残党達に連れられているようだ。

我が国からも騎士が派遣され、ランドール王国軍と共に彼らが身を潜めていそうな場所をしらみ潰しに探している最中である。

ただ、悪魔の美酒の詳細な製法については、まだアーノルドは口を割っていない。

なお、彼が言ったモンド商会なんて店はどこにも存在していなかった。この点でもデューサ公爵家の甘さが追及されることになりそうだ。

それにしても、結構な大事の引き金を引いてしまったものだと、私は騎士団職場体験での出来事を思い出そうとしていた。

すると、部屋のドアをノックする音がした。

「ルーラ、報告があるんだ」

そう言って、ドアを開けたのはお父様だった。

「お父様。今、ご帰宅ですか？　残党達の居所がわかったのですか？」

「いや、違うよ。……実は、あのアーノルドという魔法使いが得意としていたのが、人の動きを止める魔法だったということがわかったんだ。つまり、私の足の遅さが原因で、侵入者を逃がしたわけではないということだ」

「そうなんですね！　では、我が家の没落は完全になくなり、お父様は騎士に戻れるということですね」

エドワード王子の婚約者に内定したことはした。

ただ、お父様の処罰、つまり我が家の没落問題については触れられないままであった。

「うん。それが、そもそも私に対して没落などという処罰は考えられていなかったみたいだ」

「はぁっ？」

「いやね。今日、騎士団長に私の罰則は半年間の騎士業務の停止と鍛錬だったから、十一月から騎士業務へ戻るようにと言われたんだ」

「何ですかそれ？　没落だ、処分は追って下される、新しい騎士の募集などと言っていたのは、嘘だったのですか！」

「よくよく考えてみたら、侵入者を逃がした騎士は私一人ではないのさ。処分は後とか、私の後釜の騎士を探しているというのは、同僚に聞いた話で団長から言われたわけではなかった気がするしね。団長はただ単に新しい騎士を探していたみたいだ」

じゃあ、魅了を使えと言ったのは何だったのか……。

では、ユース様に騎士団の入団試験を断らせる意味もなかったということ。いっそのこと、もう一度受けるようにミリア様を通じてユース様に伝えたほうがいいだろうか。

私はお父様の端整な顔をジロリとにらんだ。

「お父様がちゃんと団長の話を聞いていなかっただけですよね」

「うん。そうみたいだ。いやぁ、よかったよ。没落しなくて。まぁ、ルーラもエドワード殿下の婚約者に内定したことだし、これにて一見落着さ！」

お父様は、私の視線も嫌味も全く気にしない様子である。

「まったく」

「それより、もう一つの報告だ。今日、陛下に謁見《えっけん》してきた。ルーラへのお褒めの言葉をいただいたよ。後日、ルーラがこの国を救ったこと、ルーラがエドワード殿下の婚約者になることを大々的に発表するとおっしゃっていた。もちろん、その前に直々にルーラと会いたいとの仰せだ」

「そ、そうなのですね」

こうして正式に話が進んで行くのだと思うと、私は胸が高鳴ると同時に少し戸惑った。

「しかし、まさか本当にルーラがエドワード殿下の婚約者に選ばれるとはね。おめでとう。ルーラ」

「お父様……」

私がお父様に顔を向けると、お父様は緑色の目をキラキラさせながら口を開いた。

「ところで、ルーラ。殿下の婚約者になったってことは、やっぱり魅了を使ったんだよね？」

その言葉を聞いた私は大きなため息をついた後、こう言った。

「お父様。私、魅了は使っていません」

後日談・初めてのデート

「ふわぁ……」

私、ルーラ・ディライトはお母様にお化粧をしてもらいながら、大きな欠伸《あくび》をした。

昨日の夜、ほとんど眠れなかったせいだ。

私の前には一冊の覚え書きが広げられている。

お母様はそこに書かれた方法を説明しながら、私にアイラインを引いた。

最近、私はお母様にお化粧の仕方を習っているのだ。

この覚え書きは、お母様が私のためにまとめているもの。

曾おばあ様の残したお化粧やドレスについての覚え書きを参考にして、お母様が考えた私に似合うお化粧方法、ドレスの色や形をわかりやすく書き残しておいてくれている。

お母様は最近、「ルーラのお化粧も、お洋服選びももっと長く手伝えると思っていたのに」と寂しそうに呟く時がある。

気付けば、王妃殿下主催のお茶会から一か月半ほど。

もう十一月の半ばに差し掛かろうとしている。

お茶会の後は慌ただしく毎日が過ぎた。

私は国王陛下より直々に国を救ったとして本来、騎士に与えられる最も等級の高い勲章を賜った。

そして、その際にエドワード様の婚約者が私に決まったと正式に発表された。

エドワード様の婚約者。そうは言っても、まだ現実感はない。

結婚だなんてまだまだ先のことだと未だに思う。

だけど、思っていたより早く、エドワード様と結婚をすることになりそうなのだ。

私はラクザの守護神の調査について、アレックス様とエドワード様を通じて数点、意見や推測を述べた。

その際に城の役人達から、私に早く正式に公務に携《たずさ》わって欲しいという声が上がったそうだ。

驚いたことに陛下もそうおっしゃっているという。

そのため、あと二年と少し後、学園卒業と同時に結婚式を挙げる予定で進んでいるのだ。

エドワード様を好きだという気持ちは日々強くなる。

だけど、あまりの急な展開に時々、戸惑う。

そして時折、私もお母様と同じように呟きたくなってしまう。

そろそろ、自分でお化粧をしようとは思う。

だけど、私はそう思う度にもう少しだけ、お母様に甘えようと思ってしまうのだった。

「あら、ルーラ。昨日の夜は眠れなかったのね」

ウフフフ、とお母様は笑う。

「はい。眠ろうとしても寝付けなくて……」

「仕方ないわ。初デートだもの。私だって旦那様との初デートの時は緊張したわ」

私はその言葉で、たちまち真っ赤になった。

今朝はなるべく意識をしないようにしていたのに。

そう、今日は私とエドワード様の初めてのデート。

正式に婚約者となってから一か月ほど。

二人きりの部屋で話すことには、ようやく慣れた。

ただ、時折、彼が囁く甘い言葉には未だに慣れない。

エドワード様は、まだ事件の完全な解決のために忙しい日々を送っている。

私も同じように忙しい毎日だ。

アレックス様と話して意見を交換することのほかに、妃《きさき》教育も始まった。

そんな中、エドワード様からようやく時間が作れそうだから二人で街へ出掛けないか。そう誘われたのだ。

どうか変な行動をしませんように。話が途切れてしまったらどうしよう。

そんなことばかり考えて、私は眠ることができなかったのだった。

「ルーラ、今日は初デートだよね？　緊張していないかい？」

私が初デートという言葉に顔を強張らせていると、お父様が部屋へと入ってきた。

お父様は緑色の瞳をキラキラさせて、爽やかな笑顔を私に向ける。

「そ、そりゃあ、緊張していますよ……」

「では、緊張で言葉が出なくてもデートを成功させる方法を教えてあげよう。簡単だよ？」

「なんでしょう？」

お父様は騎士団へ復帰してから絶好調だ。

鍛錬を積んだお陰で、おそらく生まれてから最も引き締まった体。それに加えて、最近では年を取って色気が増したと言われているようだ。

城門の警備に立った日に、お父様を見学に来た女性達に囲まれて身動きが取れなくなり、逆に警備された。

そんな若い頃に作った自身の伝説。それを復帰後、また作ったほどなのである。

「私は口下手だからね。あまり話さなくても良い方法を昔、考えたんだ。それは、とにかく相手の目を微笑みながらじっと見ることだよ。馬車の中だろうが、レストランだろうがね。話なんてしなくても、それだけでロマンチックになるものさ」

「そうですわね。あぁ、私、旦那様との初デートを思い出しましたわ」

お母様は潤んだ目でお父様を見つめた。

お父様の目はいっそう輝きを増す。

「それは、お父様にしかできないですよ」

私は、大きなため息をついた。

＊＊＊＊＊

「今日も綺麗だ。そういうシンプルなワンピースも似合うね」

馬車の中、エドワード様が私に甘い言葉を囁く。

「ありがとうございます。……エドワード様も素敵です」

私は照れながらも答えた。

そう、このエドワード様という呼び方。

こう呼ぶのにも未だにドキドキする。

婚約者となり初めてエドワード様と二人でお茶を飲んだ時、二人の時は『エドワード』と呼んで欲しい。そう言われた。

でも、なんとかエドワード様と呼べるようになったものの、恥ずかしさのあまり今でも敬称なしで呼べないでいる。

今日、私達はお忍びで街へ出ることになっている。

もちろん、平民を装った騎士が護衛についてはいるが。

このため、エドワード様は顔立ちを隠すように変装をし、二人とも簡素な服を身に着けているのである。

私も街に行くような服装のエドワード様を見るのは初めてだ。

学園での制服もお似合い、城で見る王子様然とした服もお似合い。

容姿がいい人はどんな服でも似合うのだな、私はそう思ってエドワード様をじっと見つめた。

「……ルーラ、今日はどうしたの？」

エドワード様が急に頬を赤らめる。

「えっ？」

「いつもより見つめられると、照れるな。ところで、今日の予定だけど、まず、少し街を歩いてからレストランで昼食、それから東の公園へ行こうと思う」

もしかして、お父様の言う目だけでロマンチックになるという方法を成功させてしまった？

一瞬、そう思ったが、まさかと、私はその考えを打ち消した。

「はい」

忙しい合間を縫って、エドワード様が自分でデートコースを考えてくれたのだと思うと、私はとても嬉しくなった。

＊＊＊＊＊

王都のいくつかのお店を覗きながら歩き、レストランでおいしい昼食を食べた。

そして、最後に訪れた公園は冬に咲くバラで彩られていた。

「本当に綺麗ですね。初めて見ました。冬にこんなに多くのバラが咲いているところ」

「前は屋敷からあまり出なかったと言っていたから、この公園に来たことがないと思ったんだ」

エドワード様はそう言って微笑んだ。

そして、横に立つ私の手をそっと握って歩き出した。

私は恥ずかしくてエドワード様の顔を見ることができなかった。

だけど、その心地の良い温かさにずっとこうしていたと思った。

＊＊＊＊＊

幸せな時間はあっという間に過ぎた。

もうすぐ帰宅しなくてはいけない時間だ。

そんな時、エドワード様の様子がなんだかおかしい。そう、私は感じた。

そわそわして、公園のベンチに座っている今もなんだか上の空の様子だ。

「それでミリア様が……。エドワード様？　大丈夫ですか？」

「大丈夫だよ。少しだけ待って」

エドワード様はそう言ってしばらく黙ってしまった。

私はエドワード様がズボンのポケットに何度も手を入れていることに気が付いた。

私の心の中に、ふと疑問が浮かぶ。

そして、今日訪れた場所を思い起こす。

二人で街を散策、雰囲気のいいレストラン、そして次は綺麗な花が咲く公園。

これは……。

頭の中に一冊の本の表紙が浮かぶ。

ダメだ。

私は慌てて口を両手で押さえる。

これは妃教育の成果だ。

私は頭の中だけで本を暗唱する、そんな技術を身に付けたのだ。

『初めてのデートにお薦《すす》めのコースその五。

街の散策、雰囲気のいいレストランでの食事、そして最後は花の咲く公園』

『初めてのデートの時、相手に自分の気持ちを強くアピールしたいのならプレゼントを用意すること。

婚約前ならプレゼントには、気持ちが伝わりやすいバラの花束がお薦め。

婚約後のデートなら、ずっと傍にいたいという気持ちを込めて、自分の瞳の色のアクセサリーを渡すのがお薦めだ。

なお、プレゼントは隠しておくと、驚きの演出が印象をより良くする』

私の頭に浮かんだのは『デートの参考書』という本の表紙だ。

先日、私は弟のアランからソフィアちゃんと出かけたいという相談を受けた。

だが、今日が私の初めてのデートだ。

弟の相談に乗れるほどの経験は、当然無い。

それに、貴族社会ではデートは男性側がリードするもの。

だから、男性向けの本で恥ずかしかったが、アランの相談のためにこっそりと取り寄せたのだった。

二人は、アランがドレス店にお母様または私の付き添いで行った際に手紙を渡しあう、そんな風に交流を続けている。

エドワード様との婚約を機に私も数着、ドレスを新調することとなった。

だから、私もソフィアちゃんの両親のお店に行く回数が増えている。

まだ幼い二人は、二人きりで出かけることはできない。

お母様がドレスについての打ち合わせをしている間、私が二人を外で遊ばせる、そうお母様に言って店を出る。その間に私が付き添い街を歩く、またはカフェでゆっくりとおしゃべりをする。

短時間ではあるが、そんな風に私は二人のデートの計画を立てているのである。

私の横で、エドワード様は決まりが悪そうに黙ったままだ。

私は頭の中で考えを巡らす。

今日のデートプランは本に書かれていたプランと全く同じ。

つまり、エドワード様は『デートの参考書』を読んだ。

ということは、エドワード様が探しているのはアクセサリーのはず。

こっそりとポケットに入れた小さなアクセサリーをここで私に渡すつもりだったに違いない。

エドワード様は毎日、私以上に忙しい。

今朝、エドワード様は約束の時間より少し遅れて私を迎えにきた。

きっと、朝も公務をこなしてきたに違いない。

私のために急いで出てきたせいで、渡すつもりのアクセサリーを忘れてきてしまったのではないだろうか。

エドワード様の顔からは、だんだんと元気が無くなっていく。

そうだ。

私は、ある考えを胸に立ち上がった。

「エドワード様、もう少しだけ歩きませんか?」

そう言って、私はエドワード様に手を差し出した。

エドワード様は、何か言いたそうだったが私の手をぎゅっと握った。

＊＊＊＊＊

公園の端。

野原のようになっているところに私達はやってきた。

ここは、自然の地形を生かした公園で、低い山の下に広がる野原を整備して公園にした場所だ。

公園として整備されているところもあるが、今でも野原の一部は整備されていない。

入り口に掲げられている公園の地図にそう書かれており、私はこの場所を地図で確認していた。

「よかった。まだ咲いていました。エドワード様、私のために数本、あの青い花を摘んでいただけませんか? 自生しているものなので問題ないかと」

「あの花を? どうして?」

「秋の野山に咲くリンドウという花です。エドワード様の瞳より少し濃い青色ですが、初めてのデートの記念にいただけませんか?」

「え?」

「押し花にして残しておきます。ずっとは保存できませんが、その後は私の心の中に残ります。アクセサリーはこれからたくさんいただけるでしょう？　リンドウは今日だけしかいただけないものです」

「ルーラ、もしかして気付いて……？」

エドワード様は驚いた顔を私に向ける。

「何にですか？」

「君はやっぱり凄いな」

エドワード様はそう言って私に優しく微笑むと、リンドウを摘んだ。

「これを君に」

私がリンドウを受け取った時、エドワード様の両腕が私の背中の後ろにまわった。

ぎゅっと抱きしめられる初めての経験。

人はあまりおらず、木の陰になっている場所だけれど、当然、護衛の騎士はいる。

恥ずかしさ、そして高鳴る胸の音と体の熱で私は固まってしまった。

「ごめん。抱きしめることを我慢できなかった。やっぱり僕には君しかいない。今日、また君を前よりもずっと好きだと感じてしまった」

エドワード様は私の耳元で囁いた。

「お忙しいのに私のことをいつも考えてくれるエドワード様が……私も好きです」

必死で私がそう答えると、エドワード様の腕にぎゅっと力が入った。

＊＊＊＊＊

帰宅後、私は夕食もそこそこにベッドに入った。

エドワード様に抱きしめられた体の熱が引かない気がしたのだ。

「ルーラ、大丈夫かい？　体調が悪いんだって？」

コンコン、とノックをしてお父様が部屋へと入ってきた。

「少し寝たら、随分と楽になった気がします」

「もしかして、私が教えた方法が上手くいかなかったのかい？　それでショックで寝込んで……。かわいそうに」

お父様はぶつぶつと呟きながら、何かを考えているようだ。

「心配をかけてすみません。でも、違いますので」

お父様の耳には私の言葉は届かなかったようだ。

次の瞬間、お父様は緑の目を輝かせて口を開いた。

「よし、ルーラ。良い方法があるぞ。今度は目の角度を練習したらいい。上目遣いもいいが、右から流すように見ると効くよ。エドワード殿下がルーラにもっとメロメロになること間違いなしだ。

さぁ、ベッドから出て。一緒にやってみよう」

「それは……。お父様。私、ご遠慮させていただきます」

私はそう言って、布団にもぐった。

アリアンローズ既刊好評発売中!!

最新刊行作品

騎士団の金庫番 ①～②
～元経理OLの私、騎士団のお財布を握ることになりました～
著／飛野猶　イラスト／風ことら

婚約破棄をした令嬢は我慢を止めました ①～②
著／棗　イラスト／萩原 凛

三人のライバル令嬢のうち〝ハズレ令嬢〟に転生したようです。
～前世は病弱でしたが、癒しの魔法で今度は私が助けます！～
著／木村 巴　イラスト／羽公

転生令嬢、今世は愛する妹のために捧げますっ！ ①
著／遊森謡子　イラスト／hi8mugi

ぬりかべ令嬢、嫁いだ先で幸せになる ①
著／デコスケ　イラスト／封宝

裏切られた黒猫は幸せな魔法具ライフを目指したい ①
著／クレハ　イラスト／ヤミーゴ

猫に転生したら、無愛想な旦那様に溺愛されるようになりました。
著／シロヒ　イラスト／一花 夜

私、魅了は使っていません
～地味令嬢は侯爵家の没落危機を救う～
著／藍沢 翠　イラスト／村上ゆいち

コミカライズ作品

悪役令嬢後宮物語 全8巻
著／涼風　イラスト／鈴ノ助

誰かこの状況を説明してください！ ①～⑨
著／徒然花　イラスト／萩原 凛

魔導師は平凡を望む ①～㉘
著／広瀬 煉　イラスト／⑪

ヤンデレ系乙女ゲーの世界に転生してしまったようです 全4巻
著／花木もみじ　イラスト／シキユリ

転生王女は今日も旗を叩き折る ①～⑥
著／ビス　イラスト／雪子

お前みたいなヒロインがいてたまるか！ 全4巻
著／白猫　イラスト／gamu

侯爵令嬢は手駒を演じる 全4巻
著／橘 千秋　イラスト／蒼崎 律

復讐を誓った白猫は竜王の膝の上で惰眠をむさぼる ①～⑥
著／クレハ　イラスト／ヤミーゴ

悪役令嬢の取り巻きやめようと思います 全4巻
著／星窓ぽんきち　イラスト／加藤絵理子

乙女ゲーム六周目、オートモードが切れました。 全3巻
著／空谷玲奈　イラスト／双葉はづき

起きたら20年後なんですけど！ 全2巻
～悪役令嬢のその後のその後～
著／遠野九重　イラスト／珠梨やすゆき

平和的ダンジョン生活。 全3巻
著／広瀬 煉　イラスト／⑪

転生しまして、現在は侍女でございます。 ①～⑦
著／玉響なつめ　イラスト／仁藤あかね

自称平凡な魔法使いのおしごと事情 シリーズ
著／橘 千秋　イラスト／えいひ

聖女になるので二度目の人生は勝手にさせてもらいます 全3巻
著／新山サホ　イラスト／羽公

魔法世界の受付嬢になりたいです 全3巻
著／まこ　イラスト／まろ

異世界でのんびり癒し手はじめます 全4巻
～毒にも薬にもならないから転生したお話～
著／カヤ　イラスト／麻先みち

冒険者の服、作ります！ ①～③
～異世界ではじめるデザイナー生活～
著／甘沢林檎　イラスト／ゆき哉

妖精印の薬屋さん ①～③ ※3巻は電子版のみ発売中
著／藤野　イラスト／ヤミーゴ

どうも、悪役にされた令嬢ですけれど 全2巻
著／佐槻奏多　イラスト／八美☆わん

脇役令嬢に転生しましたがシナリオ通りにはいかせません！ ①～②
著／柏てん　イラスト／朝日川日和

王子様なんて、こっちから願い下げですわ！ ①～②
～追放された元悪役令嬢、魔法の力で見返します～
著／柏てん　イラスト／御子柴リョウ

その他のアリアンローズ作品は https://arianrose.jp/

私、魅了は使っていません

～地味令嬢は侯爵家の没落危機を救う～

＊本作は「小説家になろう」（https://syosetu.com/）に掲載されていた作品を、大幅に加筆修正したものとなります。
＊この作品はフィクションです。実在の人物・団体・事件・地名・名称等とは一切関係ありません。

2021年10月20日　第一刷発行

著者 ……………… 藍沢 翠

イラスト ……………… 村上ゆいち
発行者 ……………… 辻 政英
発行所 ……………… 株式会社フロンティアワークス
〒170-0013　東京都豊島区東池袋3-22-17
東池袋セントラルプレイス5F
営業　TEL 03-5957-1030　FAX 03-5957-1533
アリアンローズ公式サイト　https://arianrose.jp/
フォーマットデザイン ……………… ウエダデザイン室
装丁デザイン ……………… 鈴木 勉（BELL'S GRAPHICS）
印刷所 ……………… シナノ書籍印刷株式会社